놀고 싶지만
불안합니다

놀고 싶지만
불안합니다

펴 낸 날   2020년 11월 25일 초판 1쇄

지 은 이   주서윤
펴 낸 이   박지민
책임편집   김정웅
책임미술   롬 디
일러스트   나 산
마 케 팅   박종천, 박지환

펴 낸 곳   모모북스
          서울특별시 동대문구 완산로81, 203-1호(두산베어스 타워)
          전화 010-5297-8303 팩스 02-6013-8303
          등록번호 2019년 03월 21일 제2019-000010호
          e-mail pj1419@naver.com

ISBN 979-11-90408-10-3 03800
값 14,800원

이 도서의 국립중앙도서관 출판시도서목록(CIP2020021312)은 서지정보유통지원시스템
홈페이지(http://seoji.nl.go.kr)와 국가자료공동목록시스템(http://www.nl.go.kr/kolisnet)에서
이용하실 수 있습니다.

- 책값은 뒤표지에 있습니다.
- 잘못된 책은 구매하신 곳에서 교환해드립니다.
- 모모북스에서는 여러분의 소중한 원고를 기다립니다.
  투고처: momo14books@naver.com

놀고 싶지만
불안합니다

얼떨결에 어른이 되어버린,
당신에게 보내는 마음 처방전

주서윤 지음

연예인 박명수의 어록 중에 "꿈은 없고요, 그냥 놀고 싶습니다."라는 말이 있다. 나는 이 말을 들으며 깔깔깔 웃었다. 꿈은 없지만 놀고 싶다니. 이렇게 유쾌한 관점을 가지고 있는 게 조금은 부러웠다. 그리고 뒤이어 이런 생각이 들었다.

'놀고 싶지만 불안해서요….'

삶을 제대로 즐기지 못하면 패배자가 된 것 같다. 하지만 "욜로 하면 골로 간다."라는 말을 들으면 미래를 대비해야 할 것 같다. 이 딜레마를 극복하는 방법은 없는 걸까? 나는 고민해왔다. 그리고 나뿐만 아니라 많은 사람들이 이런 딜레마에 빠지는 것 같다는 생각을 했다.

이 책은 내가 고민해왔던 문제에 대해 나름의 답을 내린 책이다. 때로는 답이 없는 경험담도 있다. 인생을 나름 진지하게 생각하는 한 사람의 이야기라고 생각해도 무방하겠다.

어른이 되어버렸지만 아직도 아이처럼 놀고 싶은, 아이처럼 놀고 싶지만 얼떨결에 어른이 되어버린 모든 청춘들을 응원하며 헌사를 바친다.

목차

 놀고 싶지만 불안한 당신에게

● **마음의 중심 잡기**

● **생각을 조금만 바꿔보면**

● **더뎌도 계속 걸어가기**

2장 얼떨결에 어른이 되었습니다

3장 나를 사랑하는 게 정말로 가능한 걸까

● 내가 봐도 내가 이상한데

● 나다워지기 위해서는

● 내 편은 오로지 나

● 내가 하고 싶은 걸 해

4장 어떻게 살아야 행복해질 수 있나요

한 번 사는 인생에서 필요한 건 용기

● 마음먹은 대로 할 수만 있다면

● 생각은 이제 그만

● 시간은 빠르게 흘러만 가네

● 용기라는 마지막 카드

1장

놀고 싶지만

불안한

당신에게

아메리카노를 마시는 이유

몇 년 전 일이다. 무더운 여름날, 집에 에어컨이 없어서 시원한 카페로 갔다. 카페 메뉴판에는 이름 모를 음료들이 많았고, 나는 청포도 에이드를 마시고 싶었다. 그런데 아차, 생각해보니 나는 백수였고 카드에는 얼마가 들어 있는지 알지 못했다. 이런. 미리 확인하고 나왔어야 했는데 더위를 먹었나.

카운터 알바생은 나에게 음료를 주문하겠냐고 물어보았다. 나는 식은땀이 흐르기 시작했다. 제일 싼 아메리카노를 시켜야 하나? 제일 싼 음료에서조차 '잔액 부족'이라고 뜨면 어쩌지? 알바생이 '어머, 저 사람은 제일 싼 아메리카노도 사먹을 돈이 없나 봐.'라고 생각하면 어쩌지? 그럴 바엔 차라리 제일 비싼 음료를 시킬까? 그러면 '잔액 부족'이라고 떴을 때 덜 창피할 거 아냐.

머릿속의 CPU가 여러 대 작동하기 시작했다. 짧은 시간 안에 많은 고민을 했고, 결국 나는 아메리카노를 시켰다.

"아메리카노 하나 주세요."

직원은 카드를 받았다. 긴장되는 순간이었다. 제발 잔액 부족 아니어라, 제발 잔액 부족 아니어라….

띠리릭. 영수증이 출력되는 소리가 들렸다. 계산이 되었다. 야호, 잔액 부족이 아니라니. 다행이다! 오랜만에 긴장되는 순간이었다. 더위를 식히려고 온 카페인데, 오히려 땀을 흘린 것 같은 건 기분 탓이었을까.

자리에 앉아 아메리카노를 한 모금 마셨다. 내가 싫어하는 맛이었다. 이렇게 쓴 커피가 도대체 뭐가 맛있어서 먹는 걸까. 고개를 들어 주변을 보았다. 다들 빨대로 음료를 빨아 먹고 있었다. 저 사람은 음료를 계산할 때 나처럼 벌벌 떨었을까? 직업은 있을까? 아니면 나처럼 백수일까? 나는 언제쯤 제대로 자리 잡을 수 있을까? 이번 달은 또 어떻게 용돈을 타야 할까? 카페에서 음료를 마시는 게 사치는 아닐까? 그냥 집에 얌전히 있을 걸 그랬나? 별별 잡생각이 다 들었다.

그런데 그때, 건너편 빡빡이 남자가 호로록 음료를 빨아 먹었다. 어찌나 맛있게 먹던지 소리가 여기까지 들렸다. 갑자기 이런 생각이 들었다.

어쩌면 나는 부모의 피를 빨아먹는 뱀파이어가 아닐까.

빨대로 음료를 빨아 먹는 남자를 보고 그런 생각이 났다. 죄의식이 온몸 구석구석을 침투했다.

기분이 우울해져 핸드폰을 들었다. 습관적으로 SNS를 켜고 타인의 일상을 엿보았다. 다들 돈이 넘쳐나는지 해외여행을 잘도 다녀오고, 연애도 잘 하고 다녔다. 나의 처지와는 반대로 화려한 삶을 살고 있는 사람들의 모습을 보니 자존감이 떨어졌다. 커피 한 모금을 마시자 아까보다 두 배는 더 쓴맛이 났다. 게다가 빈속에 커피를 마시니 배가 아프기까지 했다. 다행이었다. 부러워서 배가 아픈 게 아니라 커피 때문에 배가 아픈 것이라고 말할 수 있어서, 기분이 씁쓸한 게 아니라 커피가 씁쓸한 것이라고 말할 수 있어서….

그때의 기억은 내 인생에서 꽤나 초라했던 기억이었다. 그 이후로 카페에서 아메리카노는 두 번 다시 마시지 않겠다고 다짐했다. 하지만 그때의 다짐은 직장인이 된 지금 와르르 무너졌다. 백수 때는 돈이 없어서 사 먹게 되고, 일할 때는 피곤해서 사 먹게 되니, 커피의 소비량이 많은 건 사람들이 그만큼 가난하고 피로해서인 걸까? 그래서 유난히 커피가 더 쓰게 느껴졌던 건 아닐까? 씁쓸함이 입안에 맴돌았다.

⦂ 나의 작은 바람

길고 긴 터널에서 필요한 건
작은 손전등이 아니라
터널 끝에 펼쳐진 또 다른 세상이야.
현재가 불행할 땐 행복을 찾고,
미래가 불행할 땐 희망을 찾게 되나 봐.

나는 더 이상 행복을 좇지 않을 거야.
절망이 가득한 세상 속에선
설득력 있는 희망이 필요해.

나의 삶이 지금보다 조금 더 안정적이고
자유로울 것이라는 희망,
오늘보다는 내일이 좀 더 나을 것이라는
확신이 담긴 희망….
나에게는 그런 확실한 희망이 필요해.

길고 긴 터널에서 필요한 건
작은 손전등이 아니라
터널 끝에 펼쳐진 또 다른 세상이야.

잘하고 있는 건지 고민된다면

열심히 살아야 하는데
어떻게 살아야 할지 모르겠고
이것저것 해 보기는 하는데
크게 얻어지는 것은 없고
도대체 어떻게 살아야 할지
아무것도 모르겠다면

당신은 지금 잘하고 있는 거예요.

누구나 인생은 처음이라
아무것도 모르는 것은 당연하고
그래서 이것저것 해 보는 건 아주 좋은 자세예요.

그리고 어떻게 살아야 할지 고민하는 건
앞으로의 인생을 잘 살기 위해
반드시 해야 하는 생각이고

크게 얻는 게 없다고 해서
절망할 필요가 없는 이유는

처음부터 큰 성공을 맛보면
오히려 나중에 실패할 때 더 큰 좌절감을 느끼니까요.

그러니 잘하고 있다고 격려해주세요.
잘하고 있어요.

0을 모으다 보면

나는 자기 계발서를 좋아하고 자주 읽는다. 그러다 보니
자기 계발서에 나오는 성공한 인물들의 공통점을 알고 있다.
바로 자신의 가능성을 믿고 계속 도전했다는 점이다.

세상에는 '에이, 내가 어떻게 해.'라고 생각되는 일들이 많
다. 그러나 성공한 사람들은 그렇게 자신의 가능성을 제한하
지 않았다. 이들은 실패하더라도 계속해서 도전했다. 그러니

가능하면 최대한 모든 노력을 헛수고로 만들자. 그리고 가능하면 모든 노력을 처음으로 돌려놓자. 0이 모이고, 모이고, 또 모이다가 결정적인 기회가 다가오면 그 어떤 수보다 더 큰 수가 될 수도 있다. 0이 한 개 모일 때 2가 나타나면 20이 되지만 0이 세 개 모일 때 2가 나타나면 200이 되듯이.

조각이 많은 퍼즐일수록 큰 그림이 된다. 그러니 완성되지 않은 상태라며 실망할 필요가 없다. 당신은 큰 그림이 되기 위해 작은 조각을 모으고 있는 중일 테니까.

발을 떼는 것 자체의 의미

길은 있지만 어디로 가야 할지 모르겠다면,
일단은 앞으로 계속 걸어 나가 봐.

한 발자국, 두 발자국, 세 발자국
발을 떼는 것만 반복하면,
앞으로 나아가는 일은 너무나도 쉽고 단순하지.

어딜 가든 길은 다 있더라.
그러니 어딜 갈지 선택만 하면 돼.

그러니 너무 두려워하지 마.
생각보다 세상은 그다지 위험하지 않아.

정말로 위험한 건,
나만의 생각에 갇혀서
한 발자국도 나아가지 못하는 거야.

⁝ 마음이 병들지 않도록

머리로는 알지만 잘 까먹는 한 가지 사실은 "어차피 우리
는 계속 실패하니, 한 번에 성공하길 기대하지 말라."라는 말
이다. 한 번쯤은 들어 봤을 것이다. 한 번에 성공하기란 물
론 쉽지 않다. 하지만 사람이 어떤 일에 마음을 기울이고 신
경 쓰면, 그 일이 잘되기를 소망한다. 그래서 소망이 이루어
지지 않으면 우리의 마음은 병이 든다. 마음의 병은 곰팡이

처럼 은은하게 영역을 확장하기도 하고, 불길에 기름을 부은 듯이 활활 타오르기도 한다.

간절히 원하는 일도 실패할 가능성이 있다고 생각하라. 소망이 간절하고 강렬할 때는 더더욱 그렇게 생각해야 한다. 그래야 마음의 병이 들지 않는다. '나는 이 일이 잘됐으면 좋겠지만, 안될 수도 있을 거야. 그래도 열심히 해 보자.'라는 마음이 제일 중요하다.

한 번에 성공하길 기대하지 말되, 행동은 최선을 다하자.

⦂ 탐색의 기회를 허락하기

내가 가장 자주 하는 말은 "하루가 너무 짧아."이다.

나는 하고 싶은 게 참 많았다. 그림도 그리고 싶었고, 글도 쓰고 싶었고, 만화도 만들고 싶었고, 책도 읽고 싶었고, 작곡도 하고 싶었고, 정말로 하고 싶은 게 너무 많아서 무엇을 손

대야 할지 모르겠다는 느낌마저 들었다. 하루 안에 하고 싶은 것을 다 하기 위해서는 24시간이 아닌 2,400시간이 주어져야 한다고 생각했다. 그래서 매일매일 2,400시간의 아쉬움과 2,400시간의 기대와 2,400시간의 소망을 느끼며 잠에 들었다.

그렇다면 이것도 하고 싶고, 저것도 하고 싶고, 하고 싶은 건 많은데 시간이 부족할 때는 어떻게 해야 할까? 그럴 때는 이것저것 다 해 보는 것이 좋다. 그래야 내가 무엇을 오래 할 수 있는지, 무엇을 오래 할 수 없는지 알 수 있기 때문이다.

그 대신 초조해하지 않는 것이 좋다. 초조하면 무언가에 집중할 수 없기 때문이다. 집중하지 못하면 역량을 절반밖에 발휘하지 못한다. 본인이 잘할 수 있는 일도 잘할 수 없게 되고, 그런 자신의 모습에 속는다.

얼마나 불행한가. 내가 잘할 수 있는 일인데도 잘할 수 없다고 생각하는 게. 그리고 그렇게 아깝게 기회를 놓쳐버리는 게 얼마나 안타까운 일인가.

그러니 최대한 초조한 마음을 버리고 탐색의 기회를 허락해줬으면 좋겠다. 당신은 당신을 위해서 그 정도는 해줄 수 있다. 요즘은 100세 시대라고 하지 않는가. 100세 동안 살려면 2~3년 정도는 탐색의 기회를 제공해도 괜찮지 않은가.

만일 누군가가 당신에게 "그 일을 하지 말라."라고 말린다면, 그 사람은 자기의 인생에 대해서 제대로 고민하지 않는 사람이다. 왜냐하면 자신의 인생에 대해서 진지하게 고민을 해 본 사람이라면, 오히려 하고 싶은 일을 다 해 보라고 하기 때문이다.

그러니 자신의 주관을 지켜라.

뿌리가 있으면 바람에 흔들릴지언정 물가에 휩쓸리지는 않는다.

일기의 이점들

내가 본격적으로 일기를 쓰기 시작한 건 고시원 생활을 했을 때부터였다.

그해는 인생의 악재를 온몸으로 맞이했던 해였다. 1년 8개월 동안 사귀던 애인은 취업을 하자마자 나를 차버렸고, 나는 이별의 충격과 분노를 온몸으로 경험했다. 취업하자마자 나를 차버리다니, 같이 으쌰으쌰 할 땐 언제고, 배신자!

만화가가 돼서 성공하고 싶었다. 하지만 나는 그림을 잘 못 그렸다. 그래서 어쩌다 학원을 알아보았고, 마음에 드는 학원을 발견했다. 그런데 단점이 딱 하나 있었다. 너무 멀었다.

그래서 학원 근처 고시원에 방을 얻었다. 비록 좁고 냄새 나고 더웠지만, 성공하려면 그 정도는 감수해야 한다고 생각했다. 하지만 세상일이 그렇게 쉽던가? 난생처음 들어간 만화업계는 신세계였다. 알아야 할 게 너무나도 많았다. 빨리 성공해야 하는데, 조바심이 났다. 소망과는 반대로 일이 잘 풀리지 않았다. 각종 공모전에 떨어지고, 살은 5킬로가 홀쩍 빠졌으며, 낯선 타지에서 친구도 하나 없었다.

꿈도, 사랑도 멀어져갔다. 철저하게 고립되었다. 그래서 나는 일기장을 폈다. 생각나는 대로 아무거나 쓰기 시작했다. 쏟아내지 않으면 미칠 것 같았다.

그렇게 시간이 흘러, 나는 만화가가 되지 못했다. 하지만 그와 비슷한 분야인 애니메이션 시나리오 작가로 일하고 있다. 내가 한없이 약하고 작을 때 일기를 쓰는 것은 인생에 정말 많은 도움이 된다. 일기를 쓰면 나 자신을 깊게 통찰할 수 있고, '옛날엔 이렇게 힘들었는데도 버텼으니, 지금도 버틸 수 있을 거야.'라는 생각이 들게 해준다.

힘든 시절에는 반드시 일기를 쓰세요.
성공한 후에는 반드시 그 일기를 읽으세요.

그러면 당신은 절대로 나태해질 수가 없습니다.

⁞ 왜, 어떻게

태블릿을 사기 위해 알바를 했다. 핸드폰 매장 앞에서 인형 탈을 쓰고 춤을 추면서 고객들을 매장 안으로 들어오게 하는 알바였는데, 생각보다 재밌어서 웃긴 춤(?)도 많이 추게 되었고, 자연스럽게 이목을 끌며 고객을 확보했다.

손님이 많아지자 사장님께 칭찬도 받았다. 칭찬은 고래를, 아니 알바생을 춤추게 하던가…. 너무 열심히 한 나머지, 정신을 차려보니 나도 모르게 강남스타일 춤을 추고 있었다.

다음 날 나는 어떻게 하면 손님들을 더 많이 끌어모을 수 있을까를 고민했다. 수많은 연구 끝에(?) 더 많은 손님들을 끌어모았고 쾌감을 느꼈다. 마치 내가 사장이 된 것처럼…. 어라, 사장…? 맞다, 나는 사장이 아니었지.

순간 정신이 번쩍 들었다. 나는 장기 알바가 아닌 일주일 정도의 단기 알바로 지원했었다. 그런데 정신을 차려 보니 두 달 넘게 알바를 하고 있었다. 태블릿을 사기 위해 알바를 한 것이지, 손님을 많이 끌어모으려고 알바를 한 게 아니었다. '어떻게' 해야 손님을 많이 끌어모을 수 있을지에 몰두하느라 '왜' 이 알바를 하게 되었는지 까먹은 것이다.

'어떻게'에 몰두하면 '왜'를 잊게 되고, '왜'에 몰두하면 '어떻게'를 잊게 된다. 그날 나는 사장님께 알바를 그만둬야겠다고 말씀을 드렸다. 사장님께서는 아쉬워하셨지만, 어쩔 수 없었다. 나는 알바만 하면서 살 수는 없었고, 꿈이 있었다. 꿈을 이루려면 태블릿을 사서 그림 연습을 하는 게 우선이었다. 사장님께서는 아쉬워하면서도 한편으로는 이해해주셨다. 사장님께 감사했다.

그때 샀던 태블릿은 아직까지도 잘 쓰고 있다. 어떤 사람은 그 태블릿이 너무 튼튼해서 라면 받침대로 써도 고장 나지 않는다고 했다. 아직 라면 받침으로 써 본 적은 없지만, 꿈을 위해 투자하는 돈이 아깝지 않음은 틀림없다.

전략적으로 포기하기

회사를 다니면서 책을 내고 싶어서 틈틈이 글을 썼던 시절이 있었다. 그때 내가 자주 했던 생각은 '나만의 시간이 조금 더 있었으면 얼마나 좋았을까?'였다. 시간이 조금만 더 있었으면 내가 하고 싶은 일에 집중했을 텐데 그러지 못해서 아쉬웠다.

하지만 다시 생각해보니 나는 회사를 다님으로써 경제활동을 할 수 있었고, 경제활동을 함과 동시에 내가 원하는 책도 낼 수 있었다. 시간은 부족했지만 금전적 자원은 부족하지 않았기에 마음의 여유를 확보하기도 했다.

원하는 것을 얻을 수 없다면, 얻을 수 있는 것을 원하면 된다. 내가 얻을 수 없는 것은 '시간'이고, 얻을 수 있는 것은 '금전'이었다. 얻을 수 없는 자원인 시간을 원할 때는 불행했다. 하지만 지금 상황에서 얻을 수 없는 것을 포기하고, 얻을 수 있는 것을 생각하니 묘하게 마음이 괜찮아졌다.

포기도 전략적으로 해야 한다.

원하는 것을 얻을 수 없다면, 얻을 수 있는 것을 원하면
된다.

⦂ 악마는 디테일에 있다

"악마는 디테일에 있다The devil is in the detail."라는 영어 속담
을 아는가? 이 속담의 의미는 어떤 일을 제대로 하기 위해서
는 세부사항에 주의를 기울여야 한다는 뜻이다.

내가 이 속담을 조금 더 일찍 알았으면 어땠을까? 인생의
모든 일이 그랬다. 유치원 교사를 했을 때도, 만화가에 도전
했을 때도, 작가가 되었을 때도 그랬다. 만화가로 예를 들면,
만화에 나오는 인물들을 그리려면 다양한 동작을 그릴 줄 알
아야 한다. 다양한 동작을 그리려면 인체를 이해해야 한다.
뼈 위치는 어디에 있고, 어떤 근육들이 있는지, 움직일 때 옷
주름은 어떤 방향인지, 빛이 들어올 때 그림자의 위치는 어

디인지 등등. 나는 만화가가 되기 위해 인체해부학까지 공부해야 할 줄은 몰랐다. '이런 것까지 알아야 돼?'라는 생각이 들었다.

하지만 만화가뿐만 아니라 모든 일이 그랬다. 뭐든 디테일하게 들어가면 생각보다 쉽지 않은 길임을 알게 된다. 그래서 어떤 일에 도전하기 전에는 반드시 무엇이 필요한지 디테일하게 알아봐야 한다.

큰일을 이루려면 디테일부터 챙겨라.

⦂ 지하철과 인생의 공통점

나는 가끔 지하철을 통해 인생을 배운다.

지하철 노선도는 1호선부터 9호선까지 있다. 나의 현재 위치에서 원하는 목적지로 가기 위해서는 적절한 위치에서 '환승'을 해야 한다. 환승역을 놓치면 길은 완전히 달라진다.

그래서 원하는 목적지에 도달하기 위해서는 환승구간에서 환승을 해야 한다.

인생도 마찬가지이다. 내려할 역을 정하지 않으면 목적 없이 환승만 하게 된다. 어디로 가는지도 모른 채, 정착하지 못하는 인생을 살게 된다. 그래서 목표는 최대한 명확해야 한다. 그래야 내가 어느 역에 내릴지 확실히 알게 되고, 적절한 구간에서 환승을 할 수 있다.

내 인생도 내려야 할 역이 정해졌으면 좋겠다.
목적 없이 환승만 하는 그런 인생 말고.

꿈과 목표의 차이점

회사에 다니면서 작가가 되기 위해
여러 공모전에 글을 투고했다.
나는 공모전에 붙기를 간절히 기도했다.
공모전에 붙는 꿈도 자주 꿨었다.

꿈에서는 공모전에 붙어서 행복했었다.
하지만 눈을 뜨면 현실이어서 슬펐다.
공모전에 떨어지는 꿈도 자주 꿨다.
하지만 눈을 뜨면 현실이어서 다행이었다.

그러나 모든 꿈은 악몽이다.
좋은 꿈은 현실이 아니어서 악몽이고,
나쁜 꿈은 나쁜 꿈이라서 악몽이다.

그러니 나는 꿈이 있다고 말하지 않고
목표가 있다고 말할 것이다.

나는 목표가 있다.
나는 목표가 있다.
나는 목표가 있다.

: 전략

아침을 맞이하고 싶거든,
태양을 데려올 방법을 궁리하라.

: 부지런함의 의미

앞으로 인생을 어떻게 살아야 할까 걱정하던 때가 있었다. 고민이 너무 많아서 하루 종일 일기만 쓴 적도 있다. 그때 나는 첫 직장을 그만두고 사람 트라우마가 심했었다. 그래서 인생에 대한 고민을 많이 했고, 고민만 하다가 잠든 날도 많았다.

그러던 어느 날, 알바 사이트에 들어갔다. 택배 상하차 알바가 눈에 띄었다. 상시모집이라는 걸 보니 사람을 바로 뽑을 것 같았다. 비록 나는 여자애였지만 돈이 필요했었고, 직장을 그만두고 부모님께 용돈을 타서 쓰는 건 아무래도 눈치가 보여서 바로 지원을 했다.

다음 날 연락을 받았다. 인력사무소로 오라는 문자였다. 인력사무소에서 정체 모를 서류를 작성하고, 다음 날 바로 출근을 하였다. 그날은 새벽에 일어났다. 새벽 공기가 무거웠다. 모두가 잠든 시간에 눈을 뜨다니, 이 정도면 성공한 거아닐까? 알바 장소에 도착했다. 다들 이른 아침부터 부지런했다. 내가 그동안 뭐하며 살았던 거지? 약간 신세계였다. 그곳의 공기는 정말로 부지런했다.

나는 조장에게 이런저런 설명을 듣고, 바로 일을 했다. 무거운 짐을 나르며 일을 하다 보니 몸이 너무 피곤했다. 그 전에는 생각이 많아서 정신 소모를 많이 했는데, 이번에는 육체 소모가 컸다. 심지어 삐쩍 마른 여자애는 나밖에 없었다. 대부분은 남자거나 아니면 덩치 좋은 여자애들이었다. 나는 민폐가 되지 않기 위해 열심히 일했고, 처음 하는 일인데도 잘한다는 칭찬을 받았다. 그래서 그런가 몸은 힘들었지만 마음은 은근히 개운했다.

그 덕에 나는 기운을 내서 다시 열심히 살았다. 아침에는 일을 하고 저녁에는 글을 쓰거나 그림을 그렸다. 택배 상하차 일을 하면 자유 시간이 줄어드니, 그 시간을 헛되게 보내고 싶지 않아서 더더욱 열심히 글을 쓰거나 그림을 그렸다.

발전하고 있다는 느낌이 좋았다. 물론 직장을 때려치우고 택배 상하차 알바를 하고 있는 게 자랑은 아니지만, 그 알바 덕분에 개인 시간이 좀 더 소중해졌다. 중요한 건 '나의 처지'가 아니라 내가 움직이고 있고, 나아가고 있다는 느낌이었다. 그런 의미에서 보면, 아무것도 안 하고 고민만 하며 보냈던 시간보다 훨씬 나았다.

　　그리고 깨달았다. 생각만 괴로울 때는 아무런 발전이 없지만 몸이 괴로운 것은 어느 정도 발전하고 있다는 증거라고. 생각이 부지런한 것을 행동이 부지런한 것이라고 착각하며 살지 않겠다고.

⦙ 유익한 대화 이후의 삶

마음이 너무 힘들 때 생전 처음 보는 사람에게 고민을 털어놓은 적이 있다. 나보다 4살 많은 언니였는데, 나의 말을 참 잘 들어주었고, 그러다 보니 평소에는 남에게 말하지 못한 것들도 다 말하게 되었다.

그 언니는 (나였으면 생각도 하지 못할) 새로운 관점을 제시하며 조언해주었다. 마음이 힘들 때는 시야가 좁아져서 자기만의 생각에 빠지게 되는데, 나는 그 언니의 조언 덕분에 터널 시야에서 벗어날 수 있었다.

마음이 정말로 힘들 때는 믿을 만한 사람에게 털어놓아라. 유익한 대화 1시간은 1년이라는 시간을 바꿔놓기도 한다.

잘 먹고 잘 자는 일의 중요성

인간은 기본적으로 잘 먹고 잘 자야 합니다.
기본적인 것을 지키지 않고
오로지 정신만으로 버티려고 한다면
어디선가 삐끗-하고 무너집니다.

최우선적인 기본원칙은
잘 먹고 잘 자는 것입니다.

다 먹고살려고 하는 일인데,
우리 그냥 좀 잘 먹고 잘 자면 안 될까요?

무언가를 이루기 위해서 때로는 잠도 줄여야 하고,
먹는 것에 소홀할 수도 있습니다.
그런 생활이 계속 반복되면
습관이 되고, 습관이 되면 나의 인생이 바뀌게 됩니다.

건강관리를 소홀히 한 대가가
얼마나 클지 한번 상상해보세요.

결국엔 사람입니다

누군가의 조언은
생각보다 큰 도움이
될 때도 있어.

나를 더 넓은 세상으로
이끌어 줄지도 모르지.

있잖아, 나는 세상에서
가장 귀한 복은 '인복'이라 생각해.

나를 이끌어 줄 수 있는
단 한 사람을 만나는 건
정말로 큰 행운이야.

그 행운을 알아보지 못하고
그냥 지나치지 않길 바랄게.

● 책을 읽을 때의 마음

나는 마음이 가난해질 때 서점에 간다. 특히 내가 책을 가장 많이 읽었을 때는 취준생 시절이었다. 책을 읽는다고 인생이 달라지느냐는 사람들이 있는데, 인생을 한 번에 변화시키지는 않지만 책에는 세상의 지혜가 들어 있다. 회사에 다니면 책을 읽고 싶어도 시간이 없어서 잘 읽질 못한다. 그래서 시간이 많이 남는 취준생 시절에 책을 읽으면 인생에 많은 도움이 된다.

나는 책을 읽을 때마다 음식을 맛보는 기분이 든다. 천천히 꼭꼭 씹으면 글마다 맛이 다르다. 달콤한 맛이 나는 글이 있고, 쓴맛이 나는 글이 있으며, 심지어는 술맛이 나는 글도 있다.

마음이 건강하지 않을 때는 건강한 글을 읽고, 체하지 않게 꼭꼭 씹으며 하나하나씩 맛보자.

내 마음을 성장시킬 수 있도록.

⦂ 열심히 사는 게 뭐 어때서

사회적 부조리에 관심이 많은 사람이 있었다. 그 사람은
세상 시스템은 성공한 사람들을 위해 설계된 것이라고 믿는
사람이었다. 우리나라를 헬조선이라고 부르며 현재 정치 상
황을 비판하고, 특정 성별을 비난하며, 수저계급론을 맹렬히
믿었다. 자신이 흙수저인 이유는 세상 탓, 환영받지 못하는
이유도 세상 탓이라고 말했다.

물론 틀린 말은 아니다. 미국의 사회심리학자 필립 짐바
르도는 '스탠퍼드 교도소 실험SPE: Stanford Prison Experiment'을 통
해 인간의 행동은 개인의 기질보다 상황이 더 많은 영향을
미친다는 것을 증명했다. 실험으로도 증명된 만큼 외부적 환
경이 많은 영향을 미치는 것은 사실이다.

하지만 문제는 여기서부터였다. 그 사람은 '열심히 사는
사람들은 모두 다 바보이며, 시간 낭비를 하는 것이고, 어차

피 노력해도 바뀌지 않는데 뭐 하러 열심히 사냐'는 관점을 가지고 있었다. 정말로 신기하게도 실패한 사람들은 한결같이 문제의 원인을 외부로 돌렸다. 반대로 나에게 열심히 살라고 말한 사람들은, 목표를 이룬 사람들이었다. 열심히 노력하면 보상이 있다는 걸 알기 때문에 열심히 살라고 하는 것이다.

성공한 사람들은 열심히 살라 하고, 실패한 사람들은 열심히 살지 말라고 한다. 그렇다면 나는 누구의 말을 믿어야 할까? 실패로 인해 노력을 포기한 사람들은 이렇게 말한다. 노력하라는 말에 속지 말라고, 희망 고문이라고. 그러나 생각해보면 모든 일에는 실패 가능성과 성공 가능성이 둘 다 있다.

좋아하는 사람에게 고백하는 일도 마찬가지다. 고백을 하면 차일 수도 있고 사귈 수도 있다. 열심히 살지 말라고 하는 사람들은 "어차피 차일 테니 고백조차 시도하지 않을 거야. 내가 예전에 차여 봐서 알아."라고 말하는 사람들이다. 실패가 두려워서 시도조차 하지 않는 전략을 취한다. 그리고 인간은 심보가 고약해서 자기 혼자 실패하고 싶어 하지 않는다. 나 혼자 도태되면 정말로 패배자가 되어 버릴까 봐 타인에게 사회적 양극화를 주장하며 희망의 씨앗을 잘라버린다. 한마디로 자기 혼자 패배자가 되고 싶지 않은 것이다.

과거에 사로잡힌 사람들은 아무것도 하지 못한다. 열심히 살지 말라고 했던 사람들도 한때는 열심히 살았던 사람들이다. 물론 열정을 기울였던 일이 실패하면 마음에 병이 든다. 그러나 모든 일에는 실패 가능성이 있다. 사회 탓, 세상 탓을 하기 전에 내가 할 수 있는 걸 생각하는 게 중요하다. 세상이 힘들고 팍팍한 건 사실이지만, 우리는 어쨌든 그 세상을 살아가야 하고 적응해야 하지 않는가? 인정하면 편하다. 사실은 꿈을 이루고 싶지만 실패가 두려워 세상 탓을 하고 있지는 않은가? 그렇다면 실패하더라도 낙심하지 말고 계속 도전하길 바란다. 실패는 어쩌면 당연한 것일지도 모른다. 가장 중요한 것은 낙심하더라도 다시 도전할 수 있는 용기이며, 빛나는 마음이다.

빛을 잃지 말자. 그래야 어둠이 왔을 때도 반짝반짝 빛날 테니까.

： 미로와 꿈의 공통점

꿈을 이루는 과정은

미로 찾기와 같아서

시작과 끝이 있고

시행착오를 겪어야 하며

때로는 길을 잃기도 하고

도착하기 전까지는

큰 인내심이 필요하다.

● 꾸준함의 중요성

유연성 테스트 동작 중에, 바닥에 앉아 다리를 쭉 펴고 손을 뻗는 동작을 아는가? 학교에서 자주 하던 동작인데, 나를 제외한 대부분의 아이들은 손가락이 발끝까지 닿았다. 하지만 나는 어렸을 때부터 몸이 뻣뻣해서 유연성 테스트를 하면 반에서 늘 꼴찌를 맡았다.

어느 날은 뻣뻣한 내 몸이 이상하게 느껴졌다. 왜 다른 아이들은 저렇게 유연할까? 나는 용기를 내어 다리를 펴고 손을 쭉 뻗어 보았다. 손가락은 종아리 부분에 머물러서 부들부들 떨고 있었고, 아무리 손을 발끝에 닿게 하려 해도 절대로 닿지 않았다. 어쩌면 이럴 수가 있지? 내 몸이 원망스러웠다. 그래서 하루에 10분씩 자기 전에 유연성 테스트 동작을 연습하였다.

절대로 되지 않을 거라 생각했다. 하지만 신기하게도 꾸준히 하니까 조금씩 변화가 찾아오기 시작했고, 마침내 손가락이 발끝에 닿았을 때는 정말로 눈물이 날 뻔했다.

성공에는 많은 이유들이 있다. 전략을 잘 짜서 성공하는 것일 수도 있고, 운이 좋아서 성공하는 경우도 있다. 나는 성공하는 자와 실패하는 자는 한 끗 차이라고 생각한다.

'계속 시도하는 것'

계속 시도하는 사람은 결국에는 해낸다. 안 될 거라 생각했지만 꾸준히 하면 안 될 일이 없다. 아무것도 안 하는 사람보다 나은 사람은 '실패한 사람'이다. 그들은 계속 도전해서 결국에는 해낼 테니 말이다.

나중에

내 인생에서 없애야 할 단어

'나중에'

⁞ 타인과의 비교에는 유익이 없다

내가 아는 지인 중에 자신의 지식을 유난히 자랑하는 사람이 있었다. 그 사람은 자기가 아는 것을 자주 떠들어대곤 했는데, 나는 그 사람이 정말로 똑똑하다고 생각했고 존경스러웠다.

하지만 어느 날, 그 사람이 나에게 무언가를 물어봤다. 나는 모른다고 대답하였고, 그 사람은 "그런 것도 몰라?"라며 핀잔을 줬다. 나는 황당했다. 내가 왜 그런 소리를 들어야 하는지 이해가 되지 않았다. 나의 관심사가 아닌 분야면 모를 수도 있지 않은가. 모르는 게 죄는 아닌데 이상하게 죄인 것 같았다. 그래서 한동안은 열등감에 빠져 있기도 했다. "모르는 게 뭐 어때서?!"라고 당당하게 말했어야 했는데, 그러질 못했다.

그 사람은 왜 나를 그렇게 깎아내렸던 걸까. 고민에 빠지던 중, 새로운 사실을 알게 되었다. 알고 보니 그 사람은 자존감이 무척 낮은 사람이었다. 그 사람은 기본적으로 비교가 습관적인 사람이었다. 비교를 자주 하는 사람은 자존감이 낮아질 수밖에 없다. 왜냐하면 나보다 잘난 사람은 너무나도 많기 때문이다.

자만은 낮은 자존감을 채우려는 비뚤어진 보상심리에서 비롯된다. 나보다 잘난 사람을 보며 낮아진 자존감을, 나보다 못난 사람을 보며 채우고 싶은 심리. 타인을 아래로 내려다보면서 본인의 자존감을 채우고 싶은 심리. 자만은 바로 그런 것이다.

타인과의 비교는 나에게 어떠한 유익도 가져다주지 않는다. 경쟁은 타인이 아닌 나 자신과 해야 한다. 어제의 나보다 조금 더 앞서가는 모습을 상상하고, 어제의 나보다 더 나은 사람이 되어야 한다. 타인과의 비교는 나를 못나게 만드는 최적의 지름길이다.

보상은 비교가 아닌 성취감으로 채워라.

⁝ 노력에 대한 단상

　나는 노력이라는 단어를 좋아한다. 삶이 아무리 힘들어도 뭐든 노력하면 된다고 생각하는 사람이다. 하지만 노력이라는 단어를 싫어하는 사람도 있다. 그런 사람들은 노력을 '노오력'이라고 비꼬고, 세상은 자신이 원하는 대로 안 된다고 한다.

　우린 앞으로 어떻게 살아가야 할까.
　정말로 노력이 아무 소용이 없는 걸까?

　나는 노력을 이렇게 정의하고 싶다.

　노력한 만큼 꼭 보상이 돌아오는 것은 아니다.
　그러나 노력하지 않고 가만히 앉아있기만 하면 반드시 망한다.

　그래서 세상은 하드코어다.

⁝ 만족감의 원리

나는 애니메이션 회사에서 시나리오 쓰는 일을 한다. 원래는 웹툰 작가가 되고 싶었지만 어쩌다 회사 면접에 붙게 되어 계속 다니고 있다. 그러다 보니 회사에서 쓰는 글 말고도 내 이야기를 쓰고 싶다는 욕망이 강렬했고, 책을 내보고 싶다는 생각을 했다.

하지만 겁이 났다. '내가 어떻게 책을 쓰는 작가가 돼?'라고 생각했다. 한편으로는 '이런 식으로 계속 미루었다간 아무것도 못 할지도 몰라.'라는 생각이 들었다. 그래서 이번에는 정말로 미루지 않고 글을 써야겠다고 결심했다.

첫째 날, 퇴근하고 책상 앞에 앉아서 글을 썼다. 생각보다 술술 잘 나왔다. '이러다가 정말로 작가 되는 거 아냐?!'라고 생각했다. 둘째 날, 역시나 글이 잘 써졌다. 그동안 미뤄왔던 내 글을 쓰기 시작했다. 내가 상상했던 일을 실제로 실현하니 기분이 짜릿했다. 그러나 셋째 날에 무너지고 말았다. 셋째 날, 야근을 하고 집에 돌아오니 9시였고 몸은 피곤했다.

책상에 앉아서 글을 쓰려고 했지만, 에너지를 이미 회사에 다 쏟고 온 터라 정신력이 고갈되었다. 결국 그날 밤은 그냥 잠을 청했다.

회사는 계속 계속 바빴다. 회사에 다니면서 글 쓰는 게 더욱 어려워졌고, 나의 다짐은 흐지부지되었다. 어쩔 수 없다고 생각했다. 본업에 집중하는 게 중요하다고 생각했기에 괜찮았다. 그러나 회사 직원들이 한두 명씩 떠나자 마음이 이상해졌다. 매일 얼굴을 봤던 사람들이 내 곁에 없으니 기분이 허전했다. 회사에서의 삶을 너무 당연하게 생각한 것일까? 생각해보면 회사는 재정난이 오면 언제든지 문을 닫을 수 있는 곳이었다. 내가 만일 회사에서 쫓겨나게 된다면? 다른 회사에서 과연 나를 받아줄까? 두려웠다. 취업을 하면 마음의 안정을 얻을 수 있다고 생각했는데, 꼭 그런 것만은 아니었다.

회사가 문을 닫게 될 상황을 대비하고 싶었다. 회사에 의지하지 않아도 될 만큼의 능력을 쌓고 싶었다. 회사가 없어져도 프리랜서로 일할 수 있는 기반을 마련하고 싶었다. 그래서 미뤄왔던 글을 다시 쓰기 시작했다. 평일에도 글을 썼고, 주말에도 글을 썼다. 그렇게 4개월가량 글을 쓰고 출판사에 이메일 투고를 하였다. 처음에는 많이 거절당했다. 나중에는 거의 반포기 상태였다. 하지만 신기하게도 그렇게 포기를 하자 어느 한 출판사에서 계약을 하자고 제안했다. 나는 날뛸 듯이 기뻤고 그때 느꼈다.

생각과 행동을 일치시킬수록, 행동에 대한 보상이 명확할수록 삶의 만족감은 올라간다.

삶은 내 생각대로 흘러가지 않는다. 그러나 머릿속에 있는 생각을 생각으로만 그치는 게 아니라, 직접 행동으로 옮길 때 삶의 만족감은 올라간다. 더불어서 보상과 성과를 얻어내면 더더욱 만족감은 높아진다.

생각을 행동으로 먼저 옮겨라. 그리고 성과를 이루어내길 바란다.

⦂ 놀고 싶지만 불안합니다

　우연히 유튜브 영상을 봤다. 영상의 내용은 70대 노인분들이 20대에게 하고 싶은 말을 전하는 내용이었다. 노인분들이 공통적으로 하는 말은 '여행 가기'였다. 인생은 별거 없으니 여행을 많이 가라고, 많이 즐기라는 말을 했다.

　그 이야기를 들으니 바쁘게 살고 있는 내 삶에 약간의 회의감이 들었다. 특히 최근에는 오로지 목표 달성만을 위한 삶을 살았다. 그러다 보니 사람들과의 만남을 미루고, 여행도 미루고, 휴식도 미루게 되었다.

　꿈을 위해 방황하고 목표를 위해 열심히 사는 게 맞다고 생각했다. 하지만 영상을 보고 나니 많은 생각이 들었다. 내가 제대로 살고 있는 건가? 하지만 마냥 놀기에는 너무 불안했다. 가난했던 10대, 20대 초반의 삶보다 그래도 조금은 덜 가난한 지금이 더 행복했다.

　나는 더 이상 가난해지고 싶지 않았다. 그때 힘들었던 것을 생각하면 놀 수가 없었다. 하지만 이게 정말 맞는 건가? 의문이 들었다. 가난이 두려워서 열심히 꿈을 향해 달려갔지만, 두려움을 회피하느라 진정으로 무언가를 즐긴 적은 잘 없었다. 나의 20대 후반은 가난을 회피하기 바쁜 삶이었다.

"열심히 일해라!"라는 말은 좋게 들리지만 "열심히 놀아라!"라는 말은 어쩐지 죄악시되는 것 같다. 놀면 망한다는 말을 많이 들었기 때문이다. 하지만 정말 그럴까? 나는 아직도 모르겠다. 왜냐하면 제대로 놀아본 적이 없기 때문이다.

그런 생각은 했다. 돈을 버는 목적이 단순한 '생존'이 아닌 '유희'를 위해서라면, 더 열심히 일하게 될 수도 있지 않을까 하는 생각. 생존을 위해 사는 삶은 '살기 위해' 사는 것이고, 유희를 위해 사는 삶은 '놀기 위해' 사는 삶이다. 살기 위해 사는 삶보다는 놀기 위해 사는 삶이 조금 더 매력적이지 않나.

여행을 간다는 건 용기가 수반되는 일이다. 집도 사고, 차도 사고, 결혼도 해야 하는데, 생존에 필요한 한정된 자원을 유희에 쓰겠다는 의미니까. 조금 더 과장하면 '목숨'을 걸어야 하는 일이니까. 생존을 위해 필요한 것들을 포기하고 유희에 투자하는 건 정말로 많은 용기가 필요하다.

나는 어쩌면 용기가 부족했기 때문에 제대로 놀지 못한 건 아니었을까. 노인분들도 젊었을 때 못 놀았던 것을 후회하는 걸까. 짝사랑 상대에게 고백조차 하지 못하고 뒤늦게 '고백이라도 해 볼걸…' 하고 후회하는 원리와 같은 걸까?

삶을 어떻게 살아야 할까. 열심히 사는 것은 중요하다. 놀기만 하면 솔직히 망하니까. 하지만 유희에 한정된 시간, 돈을 투자하는 행위가 그렇게 위험한 것은 아니라는 걸 느끼고 싶다. 그래서 열심히 일한 만큼 열심히 놀고 싶다. 생존을 위한 삶이 아닌 유희를 위해 살고 싶다. 충분히 열심히 살았으니까, 이제는 조금 놀 때도 되지 않았을까.

결론은 지금처럼 목표를 향해 전진하는 삶이 잘못된 삶이 아니라고 생각한다. 하지만 열심히 일하면서 번 돈을, 알 수 없는 미래를 위해 저축하면서 생존을 연장하는 방식으로 쓰는 게 무조건 옳은 것인지는 의문이 든다. 그렇게 살아도 결국에는 열심히 놀지 못한 것을 후회하게 될 텐데. 그리고 사람은 생각보다 쉽게 굶어 죽지 않는데. 어쩌면 내가 너무 많은 것에 겁을 냈던 건 아니었을까.

놀기만 하는 것도, 일하기만 하는 것도 우스운 일이다. 나는 열심히 놀고, 열심히 일할 것이다. 나의 꿈을 위해 열심히 고민하고, 나의 즐거움을 위해 열심히 놀러 다닐 것이다. 열심히 일해도 미래가 불안한 건 여전하고, 이렇게 치열하게 살아도 불안한데, 그럴 바에는 열심히 일한 돈으로 조금 더 놀 것이다. 유희에 한정된 시간, 돈을 투자하는 행위가 상상했던 것보다 그렇게 위험한 것은 아니라는 걸 느끼고 싶다.

그것이 나의 20대 마지막 소원이다.

2장

얼떨결에

어른이

되었습니다

: 화병에 관한 고찰

어렸을 때 나는 다혈질 기질이 있었다. 화가 나면 하고 싶은 말을 다 하는 성격이었고, 사람들은 그런 나의 성격을 싫어했다. 그래서 나는 성격을 고쳤다. 완전히 정반대로 말이다. 화가 나도 참았고, 하고 싶은 말이 있어도 참았다. 사람들이 나를 싫어하게 될까 봐 두려워서, 상대방이 나에게 상처를 주는 그 순간까지도 나는 할 말을 못하는 사람이 되어버렸다.

하고 싶은 말을 하지 않으니 사랑받았다. 하지만 나 자신은 점점 곪아가고 있었다. 치유되지 않은 채 곪아만 가고 있었다. 그렇게 곪은 채로 성인이 되었다. 사람들은 나를 좋아해줬다. 하지만 어쩐지 삶이 잘못 흘러가고 있는 것만 같았다. 어딘가 고장이 난 사람처럼 인간관계가 묘하게 불편했다. 분명 사람들은 나를 좋아해주는데, 왜 나는 마음이 이렇게 불편한 건지.

나는 헷갈리기 시작했다. 화를 참으면 병이 된다는데, 어쩌면 화를 지나치게 참고 있는 것은 아닐까. 이런 생각은 피해의식으로 이어졌다. 저 사람은 나에게 막말을 하는데, 왜 나만 참아야 되지?

피해의식이 극도에 달한 어느 날, 누군가가 나에게 선을 넘는 행동과 말을 했다. 나는 화를 크게 내었고, 기분이 더 찝찝해졌다. 이게 뭘까? 화를 참으면 병이 된다는 말이 있어서 화를 내었는데, 왜 기분이 나아지지 않는 걸까. 오히려 화를 내기 전보다 기분이 더 찝찝해졌다.

누군가에게 상처를 받으면 똑같이 상처 주고 싶은 보복 심리가 작용한다. 나 또한 그랬고, 똑같이 화를 내어 상처를 주었다. 상대방은 예상대로 상처를 받았다. 나는 기분이 통쾌할 줄 알았다. 하지만 죄책감이 들었다. 화를 참으면 병이 된다고 했는데, 그 말이 사실인지 의문이 들었다. 왜냐하면 화를 내고 나서도 여전히 해소가 되지 않았으니까.

그러던 어느 날, 화를 낸 당사자를 다시 만났다. 대화를 나

누면서, 처음으로 내 마음에 있는 생각을 숨기지 않고 제대로 말하였다. 분노를 섞어서 날카로운 말을 던지는 게 아니라, 그저 내 의견을 말하였다. 그랬더니 신기하게도 마음이 조금씩 괜찮아졌다. 그때 깨달았다.

화를 참으면 병이 되는 것이 아니라, 자기 의견을 제대로 말하지 못하면 병이 되는 것이란 걸. 의견은 화를 내지 않고도 충분히 제대로 말할 수 있는 것임을 말이다. 그러므로 나는 화병에 대한 정의를 다시 내리고 싶다. 화병은 화가 나는 순간에 화를 내지 못해서 생기는 병이 아니라, 자신의 의견을 제대로 말하지 않아서 생기는 병이라고.

그 이후로 나는, 적어도 내 의견 정도는 제대로 말할 수 있는 어른이 되어야겠다고 다짐했다.

⦂ 개인의 히스토리

나에겐 안 좋은 습관이 있다. 스트레스를 받으면 머리카락을 뜯는 습관이다. 11살 때 생긴 습관인데, 갑작스러운 환경 변화로 스트레스를 많이 받아 어찌해야 할지 몰랐다. 그때 선택한 방법은 머리카락을 하나씩 뽑는 것이었다. 그렇게 하다 보니 원형탈모가 생겼다.

어렸을 때 생긴 습관은 고착이 되어 성인이 된 지금도 머리카락을 뜯는다. 다행히도 아직까지 머리카락은 잘 자라지만, 나중에는 안 자랄 수도 있다. (탈모를 방지하기 위해서라도) 머리카락 뜯는 습관은 고쳐야 하는데, 왜 어렸을 때의 습관은 잘 고쳐지지 않는 걸까?

한 개인은 히스토리의 총합이다. 우리는 저마다 조금씩 어렸을 때의 모습을 가지고 있다. "저 사람 왜 저래?"라는 질문의 답은, 그 사람의 히스토리에서 찾을 수 있다.

그런 의미로 나는 어쩌면 아직 완벽한 어른이 아닐지도 모른다.

어른이 되는 과정

내가 아주 어렸을 때는
가지고 싶은 장난감이 있으면
부모님께 생떼를 부렸어.

길바닥에 드러누워
큰 소리로 울기도 하면서 말이야.

하지만 어른이 된 지금은 그러지 않아.

어쩌면 어른이 된다는 건,
포기를 안다는 거 아닐까?

포기할 일이 많아졌다면,
그건 아마 어른이 되고 있는 과정일 거야.

• 실수해도 괜찮은 이유

이십 대 초반에 가장 자주 했던 생각.

우리는 왜 태어난 것일까?
우리는 상처받기 위해 태어난 존재들인가?

가장 젊고 가장 아름답고 가장 찬란한 시기라고 말하는 그 나이에 가장 자주 했던 생각들이다.

어째서 젊고 찬란한 시기를 상처로 보냈을까? 사람들은 말한다. 젊을 때가 가장 좋은 거라고. 하지만 나의 이십 대 초반은 현실의 서글픔을 배운 시기였다. 결코 좋은 시기라고 할 수 없다. 물론 중간중간 즐거운 추억들도 많았지만, 그만큼 아픔도 많았다.

나도 젊을 때가 가장 좋다는 말을 체감하고 싶었다. 하지만 나는 그 대열에 합류하지 못했다. 왜 나는 젊은데 행복하지 않은 거지? 젊을 때가 가장 좋다던데? 나는 왜? 내가 이상

한 사람인가? 지금이 행복할 기회인데, 그 기회를 놓쳤다고
생각했다.

지금 다시 생각해보면 우리는 모두 인생이 처음이다. 우
리는 이 사실을 가끔씩은 잊어버리곤 한다. 처음이라서 서툰
건데, 처음부터 능숙한 게 오히려 이상한 건데, 실수에 관대
해지는 게 그토록 어려운 걸까.

모든 사람들이 실수에 관대해지고, 조금 더 다양한 것을
탐색할 수 있었으면 좋겠다.

사람이 아름다운 이유는, 완벽하지 않고, 조금은 불안해서
니까.

일기를 통한 성장

누군가에게 고민을 털어놓고 싶은데
느끼고 있는 감정에 비해
고민이 너무나도 작게 느껴져서
누군가에게 털어놓을 수 없을 때

그럴 때는 일기를 써보는 게 좋아요.

보이지 않는 나의 생각들을 글로 정리하다 보면,
나도 몰랐던 내 모습을 발견하게 될 거예요.
그리고 그것은 나를 더욱 성장시켜 줄 거예요.

해주고 싶은 말

내가 지금보다 30년 정도 더 나이를 먹었다면,
지금의 나에게 이런 말을 해주고 싶다.

포기하지 마. 조금만 더 하자. 너 나중에 멋있는 인생 살게
될 거야. 근데 아직은 모를 거야. 지금 포기하지 않고 계속
나아가면, 언젠가는 보상받을 거야. 지금 하고 있는 일, 네가
성취하지 못한 것들을 생각하면 시간을 버린 것만 같지만,
꼭 그렇지만도 않아.

너는 아직 잘 모르겠지만, 그건 꼭 필요하고 의미 있는 과
정이었어. 얻은 게 없다고 생각되는 순간도, 뒤돌아보면 많
은 것을 얻었더라. 단지 내가 알아차리지 못했을 뿐이더라.

그러니 자기 자신의 작은 변화도 알아주고 기뻐해줘. 조
금 부족하면 어때? 부족해도 괜찮아.

너는 그 누구보다 최선을 다하고 있잖아.

☷ 행복해질 줄 알았는데

어렸을 때는 취업만 하면 행복해질 줄 알았다. 취업하기 전에는 불행했으니까, 당연히 취업을 하면 행복해질 줄 알았나 보다. 하지만 취업하고 나서 깨달았다. 취업을 하면 행복해지는 것이 아니라, 불안이 없어지는 것뿐이라는 것을. 그것도 잠깐뿐이라는 것을.

불안은 가장 원초적인 감정이다. 생존과 관련이 있기 때문이다. 멀리서 사자가 쫓아올 때 도망가는 것도 불안과 공포 때문이다. 우리를 생존하도록 지켜주는 감정도 불안이다. 참으로 고마운 감정이지만 한편으로는 삶의 질을 확 떨어트리는 것도 불안이다.

우리는 불안하게 살고 싶지 않아서, 수많은 노고를 견디며 회사에 다닌다. 수많은 스트레스를 감내하는 이유도 결국에는 불안, 생존을 위해서이다. 현대판 생존법이라 해도 과언이 아닌 취업 경쟁. 우리는 행복해지기 위해서가 아닌 그 놈의 불안 때문에 취업을 한다.

취업하면 행복해질 줄 알았는데,
불안이 없어지는 것뿐이었다.

생각보다 큰 고통

내 입으로 말하기는 민망하지만 어른이 되면서 절실히 깨달은 게 있다. '평범하게 사는 것이 제일 어렵다'는 것.

나는 지금 애니메이션 회사에 다니고 있다. 꾸역꾸역 돈을 모으다가 지금의 월급으로는 아무리 돈을 모아도 집을 살 수 없다는 걸 알았다. 그때부터 돈을 조금씩만 모으기 시작했다. 열심히 모았을 때 집을 살 수 있다는 '희망' 혹은 '확신'이 있다면 모았을 것이다. 하지만 확실한 보상도 없는 미래를 위해서 현재를 희생하기 싫었다.

그래서 집 마련을 깔끔하게 포기했다. 얻을 수 없다면 포기하는 것이 일단은 덜 괴롭지 않겠는가. 나는 괴롭고 싶지 않았고, 그래서 포기했다. N포 세대라는 말이 괜히 등장한 것이 아니다.

평범하게 결혼해서 아이 낳기도 포기했다. 이전 부모님 세대들이 누렸던 그 평범한 것들을 나는 다 포기했다. 대신 자아실현에만 집중하기로 했다. 나의 창작물들을 열심히 만들며, 결과물들을 내놓고 살 것이다. 비록 집값은 못 모아도, 결혼해서 아이는 못 낳아도, 창작물은 열심히 만들어 낼 수 있다. 나는 내가 할 수 있는 일에만 집중할 것이다.

그것이 절망스러운 삶에서 벗어나는 나만의 방식이니까.

⋮ 커피가 일상이 된

언제쯤이면 커피로 하루를 시작하지 않을 수 있을까.

회사에 다니면서부터 하루에 커피를 두 잔씩 마셨다. 커피로 하루를 시작하는 일은 마치 "왜 잠에서 깨어나지 않는 거야!!"라며 다그치는 나쁜 어른이 깨워주는 기분이었다. 그것은 전혀 달콤한 방식이 아니었고, 하루의 업무를 시작하기 위해 억지로 마셔야 하는 검은 물 같았다.

이 맛없는 것을 왜 먹는지 이해할 수 없었던 그때가 그립다. 세상에는 이해하지 않아도 될 것들이 많이 존재한다. 그리고 나이를 먹을수록 이해하고 싶지 않은 것들을 하나둘씩 이해하게 된다.

그렇다.
나는 어른이 되었나 보다.

⦂ 참을 인과 사람인

직장 생활은 인내심忍耐心이 아닌

인내심人耐心으로 버티는 곳이다.

⁝ 혼술의 기억

나의 직업은 유치원 교사였다. 엄마의 적극 추천으로 들어간 과였는데, 적성에 맞지 않아 퇴사를 하였다.

퇴사한 바로 그날, 나는 내가 제일 좋아하는 장소인 여의도 한강공원으로 갔다. 근처 편의점에서 맥주랑 과자를 샀고 벤치에 앉아 맥주를 깠다. 탄산이 쏟아져 나왔다. 바닥에 흘릴세라 급하게 거품을 호로록 마셨다. '사회생활이라는 게 원래 다 이런 건가?' 서러움이 폭발했다. 맥주를 한 모금 더 마셨다. '사람이 싫어.' 분노가 치밀었다. 한 모금 더 마셨다. '엄마한텐 뭐라고 말하지?' 속이 쓰라렸다. 꿀꺽, 꿀꺽, 꿀꺽. 맥주를 들이켰다. 아무 생각도 나지 않았다. 좋아, 성공이다.

참으로 화창한 봄이었다. 평일 대낮에 회사를 때려치우고 맥주나 마시고 있다니 우스웠다. 드라마에서는 꽤나 멋있어 보였는데, 실제로 겪으니 좋은 기분은 아니었다. 어른이 된다는 건 이런 걸까? 아버지가 매일 술을 마셨던 이유를 아주 조금은 알 것 같았다. 맨정신으로는 버틸 수 없을 때, 괴로운 기억을 잊고 싶을 때 술을 찾게 될 수도 있겠구나.

어렸을 때 나는 아버지가 술을 마시는 게 이해되지 않았다. 하지만 한강에서 맥주를 마시면서 이해했다. 술을 왜 찾게 되는지, 왜 술을 찾을 수밖에 없는지, 술을 마시고 나서 어떤 기분일지 말이다.

그날 나는, 이해하고 싶지 않은 사실을 이해해버린 기분이었다.

내가 아버지를 닮아 가면 어쩌지?
아버지의 하루하루는 고된 노동뿐이었는데.
나의 삶도 어쩌면 그렇게 흘러가지는 않을까?
고되게 살고 싶지 않은데
어른의 삶은 다 이런 걸까?

그날 나는 총 4캔의 맥주를 마시고 집으로 돌아갔다.

그날 밤은 일찍 잠을 청했다.

● 회사 생활 만렙 요령

직장 생활을 하는 데 가장 필요한 덕목은 무엇일까. 업무 스킬? 의사소통 능력? 다 틀렸다. 직장 생활은 '존버' 하는 사람이 최종 승자이다. 싫어도 꾹 참는 존버 정신. 인내심 강한 자만이 직장 내에서는 최종 승자.

아무리 일을 잘해도, 아무리 인기가 많아도, 아무리 상사가 이뻐해도, 내가 나가고 싶으면 나가는 곳이 직장이다. 그런 의미에서 회사 생활 만렙 요령은 '존버 정신'이다. 버티고, 버티고, 또 버티는 곳. 사직서를 한번 썼다가, 다시 집어넣는 곳. 스트레스 관리를 잘해야 하는 곳.

회사에 다녀보니 이젠 조금 알 것 같다. 왜 그렇게 어른들이 웃지 못하는 얼굴을 하고 있는지. 모두가 각자의 생활에서 '존버' 하느라 웃을 여력이 없었던 것이다.

그런 의미로 따로 시간 내어 '웃는 시간'을 만들어야겠다.

행복을 게을리했으니, 미소라도 게을리하지 않겠다고 다짐했다.

⋮ 돈의 가치

돈을 많이 벌고 싶나요?
그렇다면 왜 많이 벌고 싶나요?

당신이 돈을 많이 벌고 싶은 이유를
잘 생각해보면,

당신이 가장 중요하게 생각하는 가치가
무엇인지 알게 될 거예요.

⦙ 따뚜ㅁ뜨뜨

어느 날 친구한테 메시지가 왔다.

야 너 '따뚜ㅁ뜨뜨'가 뭔 뜻인지 알아?
음. 아니?

알아맞혀 봐.
모르겠는데?

우린 늙었나 봐.
무슨 뜻인데.

'비빔밥'이라는 뜻이래.
비빔밥?

응 글자를 세로로 눕히면 비빔밥으로 보인대.

… 세종대왕님께서 화내시겠다.

그치. 언어 파괴가 유행인가?
그러게, 요즘 애들 진짜 이상해.

아차. 잠깐만… '요즘 애들'?

메시지를 하다가 섬뜩한 기분이 들었다. 내가 벌써 '요즘 애들'을 논할 나이가 되다니….

야, 나 방금 되게 꼰대 같았지. '요즘 애들'이라는 말을 쓰다니….

친구는 낄낄대며 나를 놀렸고, 우리는 실없는 농담을 주고받으며 연락을 종료했다. 알아들을 수 없는 신조어가 등장할 때마다 나는 시조새가 된 것 같은 기분이 든다. 20대 후반에도 이런 기분을 느끼는데, 시간이 지나면 어떨까. 시간은 내가 원하지 않는 형태로 흘러간다. 시간이 직선이 아닌 원형이었다면 다시 젊어질 수 있을 텐데.

나이를 먹는다. 나이를 먹으면 소화 능력이 떨어진다는데, 체하지 않게 꼭꼭 씹어 먹어야지, 나이.

⚫ 어른도 사춘기가 옵니다

사람은 사춘기에 접어들면 본격적으로 자아정체성에 대해 고민하기 시작한다. 나 또한 중학교 2학년 때 처음으로 사춘기가 왔었다. 그때 내가 가장 자주 했던 생각은 '나는 어떤 사람인가.'였다.

그때의 질문은 직장인이 된 지금도 이어졌다. 아무리 편한 직장이어도, 아무리 인정받는 직장이어도, 직장에서는 내가 진정으로 원하는 것을 할 수 없었다.

요즘에는 어른 사춘기가 유행인 걸까? 나를 포함한 많은 어른들이 자아정체성에 대해 고민하고 있는 것 같다. 도대체 왜 이렇게 된 걸까? 세상은 말했다. 열심히 공부하고, 열심히 대학 가면 다 성공한다고. 하지만 정말로 그럴까? 그렇다면 왜 요즘 청년들은 그토록 불행하고, 청년 실업자는 계속해서 늘어만 가는 걸까?

세상이 말하는 대로 움직이는 것도 중요하지만, 이제는 내 마음속의 목소리를 조금 더 먼저 듣고 싶다. 사춘기가 온 아이처럼, 부모에게 반항하듯이 세상에게 반항하고 싶다.

어쩌면 그게 사춘기가 온 이유일지도 모르겠다.

어려운 질문

돈을 벌지 않을 때는 '돈'을 벌었으면 좋겠다고 생각했다. 돈을 벌고 있는 지금은 '시간'이 많았으면 좋겠다고 생각한다. 돈이 있으면 시간이 없고, 시간이 있으면 돈이 없는 아이러니한 상황.

시간과 돈을 둘 다 얻으려면 어떻게 해야 할까? 누군가는 인생이 운발이라고 하며 로또를 산다. 나는 로또를 잘 사지

않는다. 확률이 적을 뿐만 아니라 나에게 그런 행운이 찾아
올 것이라는 기대가 없기 때문이다.

부자들은 자신만의 노하우를 공유하기도 한다. 그러나 부
자들의 생활패턴은 일반인이 따라 하기에는 영 힘들다.

인생은 이래서 고된 걸까?

시간과 돈, 둘 다 얻으려면 도대체 어떻게 해야 하죠?

왜 학교에서는 이런 걸 알려주지 않는 거죠?

소리 없이 외쳐본다.

: 무너지게 만드는 것들

온기 잃은 마음들이
안길 곳 없이 찬바람만 맞고 있을 때
어쩐지 외로움들이
나를 견디기 힘들게 할 때
별거 아닌 일들로 너무 쉽게 흔들려서
차마 힘들다고 말하기가 수치스러울 때
이해받을 거란 확신이 없어
고민 한 점 털어놓을 수 없을 때
쓰디쓴 말들을
속이 썩어 문드러질 때까지 삼켜낼 때
부정적인 의심이
선명한 확신으로 이어질 때

아무도 나를 좋아해 주지 않는데
나조차도 나 자신이
진절머리 나게 싫어져서
내 편은 아무도 없을 때
그렇게 되지 않길 바랐던 일들이
처참히 나를 배신할 때

행복과 불행
희망과 절망

그 둘은 반대라서 서로에게 너무나도 끌리나 봐.

산타클로스에 대한 단상

산타는 선물이라는 보상을 미끼로 아이들에게 울지 말라는 협박을 일삼는다. 부모들은 산타를 이용하여 자기가 하고 싶은 말을 '산타가 하는 말'이라며 그럴싸하게 핑계를 댄다.

"울면 산타 할아버지가 선물 안 주신다?"
"울면 선물 못 받아."
"울면 안 돼~ 울면 안 돼~."

산타는 내가 울 때마다 자주 등장했다. 말 잘 듣는 아이는 울지 않는 아이, 말 안 듣는 아이는 우는 아이. 이렇게 이분법적으로 나누는 게 싫었다. 어렸을 때부터 울지 말라고 세뇌를 당해왔다. 나뿐만 아니라 전 세계가 말이다. 도대체 울면 왜 안 되는 건데? 왜?

크리스마스가 다가오면 알록달록한 조명들이 유독 많이 보인다. 크리스마스 전부터 분주하게 축제 분위기를 조성하며 '우리 가게로 들어오세요' 전략을 펼친다. 소비자들은 그럴듯한 마케팅 전략에 속아 넘어가 지갑을 연다.

산타는 어쩌면 아이들이 아닌 어른들을 위한 존재가 아니었을까?

⦂ 잠깐 쉬는 게 뭐 어때서

나는 버스나 지하철이 급정거를 할 때 다른 사람들에 비해 유독 휘청거린다.

그날도 회사에 사표를 내고 집으로 가는 길이었다. 겨우 취업한 곳에서 벌써 2번째 던지는 사표였다. 두 번 다시 취준생 시절로 돌아가고 싶지 않았는데, 돈도 많이 못 모았는데, 정말로 쉬어도 괜찮을까? 온갖 상념이 다 들었다.

그때, 버스가 급정거를 했다. 예상대로 나는 휘청거렸다. 그런데 의문이 들었다.

내가 퇴사를 한다고 해서, 잠깐 쉰다고 해서, 그렇게 큰일이 나는 것도 아닌데, 왜 나는 그리도 중심을 못 잡고 이리저리 휘청거렸던 걸까? 잠깐은 쉬어도 괜찮지 않을까?

급정거하는 버스 안에서 유독 혼자만 휘청거리며 중심을 잡지 못할 때, 나는 깨달았다. 나 같은 사람은 쉬면 중심이 흔들리는 사람이라고. 매번 너무 빨리 달리다 보니 급정거를 하면 휘청거릴 수밖에 없는 사람이라는 걸 말이다.

실제로 나는 매일같이 쫓기는 듯한 삶을 살아왔다. 커다란 두려움이 나를 덮치는 게 두렵고 불안해서, 제대로 놀지도 못했고 쉬지도 못했다. 그에 비해 보상은 턱없이 적었다. 적은 임금, 적은 성취감, 턱없이 모자란 것들.

지금의 삶이 과연 정상일까? 잠깐 쉰다고 해서 그렇게 큰일 나는 것도 아닌데, 왜 나는 중심을 못 잡고 이리저리 휘청거렸던 걸까? 조금은 쉬어도 괜찮지 않았을까.

● 불행은 무디게, 행복은 충만하게

나는 원래 사람을 정말 좋아했다. 모임 같은 곳도 많이 나가고, 술자리도 자주 나갔다. 하지만 사람들에게 상처를 받고, 그 상처를 오랫동안 기억하다 보니, 성격은 점점 더 내성적으로 변해갔다. 사람을 좋아하지만 동시에 사람이 두려워서, 한동안은 사람을 만나지 않았다.

처음에는 많이 외로웠지만 시간이 지날수록 적응되기 시작했다. 나이를 먹으면 감정이 무뎌지는 걸까? 어렸을 때는 새벽마다 감성적으로 변했었는데, 나이를 먹을수록 그러한 것들도 서서히 줄어들기 시작했다.

나는 감정의 날이 무뎌진 지금의 모습이 좋다. 가끔은 무너지는 날도 있지만, 예전처럼 산산조각이 되지는 않으니까 말이다. 하지만 반대로 생각해보면, 행복을 충만히 느끼지 못하는 건 불행 중 하나이기도 하다. 불행에 둔감해지는 만큼 행복에도 둔감해지기 때문이다.

그러므로 우리는 행복을 더더욱 연습해야 한다. 익숙한 풍경을 처음 보는 것처럼 감탄하는 연습, 사랑하는 상대를 늘 첫사랑처럼 생각하는 연습, 모든 것을 새로운 경험처럼 인식하는 연습. 우리에게는 어쩌면 그러한 연습이 필요한지도 모른다.

만일 그런 연습이 완벽하게 숙달이 되면, 어쩌면 정말로 완벽한 어른이 될 수 있지 않을까? '불행은 무디게, 행복은 충만하게'라는 모토를 가지고 살아갈 수 있으니까.

생각만 해도 정말 멋진 일이다.

● 이별에 무뎌진다는 장점

처음 사귄 남자친구와 이별을 했다. 당시 나는 고1이었는데, 내 눈에는 그 아이가 그다지 멋있는 애는 아니었다.

나는 뿔테 안경이 싫었다. 그 안경을 쓴 사람이 내 남자친구라는 사실도 싫었다. 나는 그 아이보다 내가 더 잘난 줄 알았다. 그 아이는 외모 관리를 하지 않았고, 나는 외모 관리를 했으니까. 내가 그 아이를 좋아하는 이유보다, 그 아이가 나를 좋아하는 이유가 더 타당하다고 생각했다.

그 생각은 완벽한 오판이었다. 그다지 멋있지 않은 아이가 나를 차버렸다. 나는 왜 차인 걸까? 이유를 물어봤다. 그 아이는 "더 이상 관계를 지속할 이유가 없어서"라고 했다. 나는 관계를 끝낸 이유에 대해서 물어본 건데 "관계를 지속할 이유가 없어서"라니. 마치 '공부하기 싫은 이유'에 대해서 '공부할 이유가 없어서'라고 대답하는 것과 같은 말 아닌가?

멋있지 않은 아이에게 차였다. 그런 아이에게 차여서 눈물이 났다. 솔직히 너무 당황스러웠다. 별로 좋아하지 않는다고 생각했는데, 막상 이별을 겪으니 눈물이 나왔다. 수업 시간에도, 쉬는 시간에도, 누워서 라디오를 들을 때도, 수도꼭지에 누수가 일어난 것처럼 눈물이 나왔다. 슬픔도 슬픔이지만 당혹스러움이 훨씬 컸다. 내가 애를 이렇게까지 좋아했다고? 믿을 수 없었다.

그렇게 첫 이별의 아픔을 겪고, 이별은 상상 이상으로 힘들다는 걸 알게 되었다. 그때 생긴 관념은 이십 대 초중반까지도 이어졌다. 그때까지도 여전히 이별은 적응되지 않는 아픔이었다.

이십 대 후반이 되면서 놀랍게도 이별에 조금씩 무뎌져갔다. 다른 건 몰라도 이별은 언제나 아픈 것이라고 생각했는데, 예전보다 덜 울고, 덜 그리워하고, 더 빨리 일상에 복귀했다. 누군가를 잃었다는 사실은 상실의 아픔을 동반한다. 그러나 그 아픔에 허우적대서 일상을 유지하지 못하면 나의 삶은 누가 책임져주는가.

나는 나의 삶을 책임질 의무가 있었다. 그래야만 진정한 자립이 성립된다. 자립하지 못하는 어른은 몸만 큰 어른일 뿐, 정신은 아직 아이나 다를 바 없었다. 나는 이별을 할 때마다 아이가 된 것 같은 기분이 든다. 누군가의 도움이 필요해지는, 전반적으로 심신이 약해지는, 그런 상태 말이다.

시간이 지나면서 내면 아이도 조금은 성숙해졌나 보다. 예전보단 확실히 이별에 무뎌졌으니 말이다. 이별에 무뎌진다는 건 유일한 어른의 장점이다. 설령 그게 착각이라 할 만한 이별을 겪게 된다 할지라도, 나는 이제 어느 정도 이별을 극복하는 방법을 알고 있다. 새로운 장소에서 새로운 사람들을 만나 그 세계에 몰입하면 된다. 단순하지만 확실한 이별 극복법이다.

앞으로 수많은 이별을 하게 될 것이다. 그리고 나는 여전히 한 번쯤은 울 것이다. 하지만 이제는 내면 아이를 잘 성장시키고 마침내 그 아이는 두 발로 걸을 것이다. 보란 듯이 말이다.

당신은 어른인가요?

어른이 외로운 이유는
누군가에게 의지하는 게
점점 힘들어지기 때문이야.

각자의 짐이 너무 무거워서,
나의 짐을 누군가에게 맡길 수 없지.

그래서 어른이 된다는 건
서로의 치사함을 이해하는 과정일 거야.

나의 짐을 책임지고,
회피하지 않고, 온전히 들고 가는 것.

내 삶을 스스로 책임지게 되었을 때야말로,
진정한 어른이 되었다고 할 수 있지.

⋮ 고민할 가치가 있을까

　사소한 걱정이 많은 사람들은 작은 문제도 크게 생각하는 경향이 있다. 나 또한 그런 타입의 사람이었다. 그러다 보니 타인이 하는 말과 행동에 지나치게 의미를 부여하고, 상처도 잘 받았다. 특히 그런 경향은 연애할 때 심했다. 지금 생각해 보면 그렇게까지 할 필요가 있었을까?

　어느 순간 사소한 것에 연연하는 것이 시간낭비처럼 느껴졌다. 물론 인생을 고민 없이 살아가는 건 문제이다. 그러나 고민할 가치가 없는 문제로 고민하는 게 더 큰 문제다. 그러므로 가치 있는 문제를 고민하자. 나는 중요하지 않은 문제에 더 이상 시간을 낭비하고 싶지 않다. 나의 시간은 예전보다 2배는 빠르게 흘러가니까. 이제는 인생에 중요한 것만 남기는 어른이 되고 싶다. 앞으로의 남은 인생을 위해.

그 무엇보다 귀한 시간들

얼떨결에 어른이 됐다.
어른이 되면 대단한 게 있는 줄 알았다.

결혼도 할 줄 알았고,
차도 있을 줄 알았고,
집도 있을 줄 알았다.

그런데 나는 이 중 아무것도 가진 게 없다.
가진 거라고는 고작 젊음뿐이다.

그러나 이 젊음이야말로
세상에서 가장 귀한 것이다.

왜냐하면 젊음은
앞으로의 남은 인생을 결정짓는
가장 중요한 순간이기 때문이다.

귀한 하루하루를 보내는 당신은,
이 귀함을 빨리 깨달을수록 좋다.

그래야 시간을 낭비하지 않을 테고,
이 시간이 얼마나 소중한지 알게 될 테니.

자취의 기억

자취 생활은 내가 나를 온전히 책임지겠다는 암묵적 약속
이다.

첫 자취 때 나는 그 암묵적 약속을 잘 지키지 못했다. 요
리, 설거지, 빨래, 청소, 식재료 및 물품관리 등 내가 나를 온
전히 책임지는 일은 처음인지라 모든 게 서툴렀다. 그래서
세 달 만에 5킬로가 빠졌고, 불면증이 생겼으며, 정신 건강에
도 약간의 이상이 왔다.

당시 나는 꿈을 향해 열심히 달려가고 있었다. 친구도 만

나지 않고, 취업도 하지 않고, 웹툰 채색 알바로 한 달에 28만 원을 겨우 벌면서 생활하고 있었다. 그러다 보니 적절한 휴식을 취하지 못하였고, 스트레스를 푸는 유일한 창구는 집 근처 코인 노래방이 전부였다.

내가 나를 온전히 책임지려면 얼마나 많은 힘을 내야 했을까. 개인주의 사회에서는 1인분의 에너지만 있어도 충분히 살아갈 수 있다. 하지만 나에게는 그런 에너지조차도 없었다. 내가 나를 책임지기도 벅찬 세상에서 남을 책임지는 건 거의 불가능했다. 그러다 보니 더욱 사람들과 멀어지고 고립되었다.

그럼에도 나는 그때가 좋았다. 왜냐하면 그 고생은 내가 선택한 고생이었기 때문이다. 아무리 고생스럽고 힘들어도, 내가 선택한 고생이면 의미 있는 고생이 된다. 그래서 인생은 내 주관하에 행동하는 것이 중요하다. 그래야 누군가를 원망하는 일이 줄어들고, 내 삶에 온전히 책임지는 법을 배울 수 있다.

나는 자취 생활을 통해 진정한 성장통을 겪었다. 그리고 내가 온전히 자랄 수 있었던 것은 부모의 몫도 크다고 생각했다. 집안일은 생각보다 디테일했고, 생각보다 해야 할 일이 많았기에, 만일 자취를 하지 않았다면 이런 사실을 몰랐을 것이다.

내가 내 삶을 직접 선택하고, 주관을 가지고 살아가자. 남들에게 피해를 끼치지 않는 선에서 의미 있는 고생을 선택하고, 고생에 대한 대가를 감당하고, 아무도 원망하지 말자. 정말로 어른이 되기 위해서는.

인생은 걸음마 하듯

아기의 걸음마는 언제 넘어졌냐는 듯
늘 새로운 시도를 해.

세상에 두 발을 내디딘 우리도
삶이 처음이라 서툴고 넘어지고 실수하는 거야.

몇 번 넘어졌다 해서
평생 동안 엎드려만 있을 거니?

넘어졌던 그 순간은 깨끗하게 잊어버려.
그리고 아무 일도 없었던 것처럼 다시 일어나.

인생의 승자는 어쩌면
아픔을 최대한 빠르게 잊는 사람일 거야.

그래서 아름다운 세상을 뚜벅뚜벅 걷는 사람일 거야.

∶ 용기가 필요할 때가 있지

우연히 미니멀리즘 다큐를 보고 방 정리를 했다. 정리를 하던 도중 사진 한 장을 발견했는데, 어렸을 때 사진이었다. 사진 속의 나는 해맑게 웃고 있었다. 정확히 '뒤센 미소'였다. (뒤센 미소란 '가짜 웃음'이 아닌 '진짜 웃음'을 뜻한다.) 너무 해맑게 웃고 있는 나 자신이 귀엽고 가여웠다. 지나가는 벌레조차도 신기해하던 어린 날의 내 모습은 어디로 갔을까?

사람들은 아는 게 많으면 많을수록 좋은 건 줄 안다. 하지만 정작 우리는 아무것도 몰랐던 그 시절을 그리워하고 있다. 어른들이 심각한 얼굴을 하고 있는 이유는 너무 많은 것들을 알기 때문은 아닐까? 현미경으로 본 세상은 생각보다 그다지 아름답지는 않으니까 말이다.

아이들은 나쁜 일이 있어도 한바탕 시원하게 울고 금방 잊어버린다. 친구와 싸우다가도 금방 화해하고, 길바닥에 주저앉아 울다가도 초콜릿 하나만 손에 쥐여 주면 금세 기분이 좋아진다. 어떨 때는 어른들에게 배우는 지혜보다, 아이들에게 배우는 지혜가 훨씬 이롭게 느껴지기도 한다. 아이들은 나쁜 일이 있어도 금방 잊어버리는, 어른들에게 필요한 지혜를 가지고 있다.

아름다운 순간들을 마음속에 기억하는 건 우리의 삶을 빛으로 구원해준다. 어두웠던 순간들을 마음속에 담아내는 건 삶을 겁내게 하고, 염세주의에 빠지게 한다. 삶을 겁내지 마라. 그게 어떻게 가능하겠냐고 생각할 수도 있다. 하지만 시간은 총알같이 빠르게 흘러가고, 진짜로 용기를 냈을 때는 이미 늦어버렸을 수도 있다. 뒤늦게 후회하는 것만큼 원통한 일이 또 있을까? 후회 없는 인생을 살기 위해 필요한 것은 다름 아닌 '용기'이다.

용기를 갖자. 나쁜 일들은 금방 잊어버리는 용기. 한 번도 실패하지 않은 것처럼 계속해서 도전하는 용기. 울다가도 사소한 것에 금방 눈길을 돌려 행복해질 수 있는 용기. 상처를 입어도 금방 회복할 수 있는 용기.

어쩌면 어른들에게 가장 필요한 건 그런 용기들이 아닐까?

3장

나를 사랑하는 게

정말로

가능한 걸까

● 목마른 빈 항아리

누군가의 말 한마디에 서운해질 때, 연락에 지나치게 집착하게 될 때, 타인의 평가에 민감해질 때, 이 세상에 내 편은 아무도 없는 것 같을 때 당신의 마음은 어딘가 구멍이 나 있을 것이다.

애정 결핍은 마음에 구멍이 난 상태와 같다. 구멍 난 항아리에 물을 부으면 당연히 새 나간다는 것을 알면서도, 물을 붓지 않으면 작은 구멍 사이로 찬바람이 들어와 애정을 갈구하게 되는 상태. 그러나 아무리 채워도 채워지지 않으며, 만족을 모르는 상태. 그래서 상대방이 10을 잘해줘도 1만 실수하면 그새를 못 참고 삐지는 상태.

사람들은 저마다 외로워한다. 외로움을 많이 타는 사람과 덜한 사람만 있을 뿐. 사회적 동물은 애초에 외로움을 느끼도록 설계되어 있다. 먹어도 먹어도 배부르지 않은 게 있다면 그건 바로 사랑과 돈이 아닐까? 그만큼 이 둘은 달콤하다.

나 또한 애정 결핍이 심한 사람이었다. 사람들 사이에 있어도 집에 돌아오면 모든 게 덧없다는 느낌이 심했다. 왜 나는 남들처럼 만족하지 못하고 늘 배고픈 상태에 있는 걸까. 내가 봐도 내가 이상한데 남들은 이런 나를 이해해줄까. 역시 아무도 나를 이해하지 못할 거야. 이런 내가 정말 싫어. 나도 내가 싫은데 남들도 내가 싫을 거야. 외로움은 자책으로, 자기혐오로, 고립으로 이어졌고 고립은 또다시 외로움으로 돌아왔다. 악순환이다. 아주 빈틈없이 완벽하게.

애정 결핍을 애정으로 채울 수 없다는 사실은 나를 한동안 절망에 빠트렸다. 사람은 저마다 한정된 에너지가 있는데, 나는 그 에너지보다 훨씬 더 많은 애정을 바랐다. 이럴 때는 정말 어떻게 해야 할까. 눈을 감고 잠시 떠올렸다. 구멍난 항아리에 물을 붓는 상상을 말이다.

항아리에 물을 부었다. 항아리의 구멍에는 위태롭게 금이가 있었다. 물은 구멍 사이로 주르륵 흘러나왔다. 마치 항아리가 우는 것 같았다. 항아리도 나처럼 슬펐나 보다. 항아리를 위로해 주었다. 너도 많이 외롭구나. 내가 어떻게 하면 좋겠니?

바닥에 있는 돌멩이를 주워 구멍을 막았다. 다시 물을 부었다. 물이 아까보다는 덜 흘러나왔다. 항아리는 말했다. "이제야 조금 배부르네." 나는 항아리에게 물었다. "목이 많이 말랐구나." 항아리는 대답했다. "응. 모든 항아리들은 애정에 목말라 있어." 나는 대답했다. "그러면 다른 항아리들도 물이 필요하겠네." 항아리는 말했다. "응. 아마 그럴 거야. 그래서 다른 항아리들이 나를 찾지 않았나 봐." 나는 말했다. "그게 무슨 소리야?" 항아리는 대답했다. "나는 구멍 때문에 다른 항아리들에게 물을 줄 수 없었거든…."

나는 상상에서 깨어나 눈을 번뜩 떴다. 이럴 수가. 내가 이래서 애정 결핍에 빠져 있었던 거구나.

애정은 '상호작용'이다. 항아리에 담긴 물을 서로 주고받는 행위가 서로를 사랑하는 방법이다. 나의 항아리는 구멍 때문에 늘 빈 항아리였다. 누군가에게 애정을 줄 수 없는 상태에서 타인에게 애정을 달라고 요구했으니, 애정이 다 떨어진 상대방은 지쳐서 나가떨어질 수밖에 없지. 당연히 그럴 수밖에 없지.

나에게 필요한 건 부족한 애정을 채우는 게 아니었다. 구멍 난 마음을 촘촘히 메우는 보수공사 작업이 필요했다.

물을 담을 수 있는 항아리가 되기.
그래서 다른 항아리에게 물을 줄 수 있는 항아리가 되기.

그것이 나를 사랑하고 타인을 사랑하는 방법이 될지도 모르겠다.

사람이 외로움을 느끼는 이유는
사람이 필요해서가 아니다.

사람이 진짜로 외로운 이유는
나를 필요로 하는 사람이

없다고 느끼기 때문이다.

그래서
외로움을 느끼지 않기 위해서는
누군가에게 필요한 존재가 되어야 한다.

⦂ 인간은 모두 별로입니다

인간 혐오의 뿌리는 자만에 있다. 나 빼고 다 나쁜 사람이
라는 자만. 나만 완벽하다는 착각.

나는 예전에 내가 착한 사람인 줄 알았다. 그래서 말을 함
부로 하는 사람이 싫었다. 어느 날 친구가 나에게 이런 말을
했다. "너는 사람들의 말에 반박을 너무 자주 하는 것 같아."

나는 깜짝 놀랐다. 나에게 그런 면이 있다니. 내가 그동안
했던 말을 생각해보았다. 이럴 수가. 친구의 말이 사실이었다.

자만은 착각을 동반한다. 상대에게 거슬리는 부분이 있다면, 사실은 나에게 그런 모습이 있기에 발견하는 것이다. 하지만 사람들은 잘 모른다. 상대에게 거슬리는 모습이 본인에게도 있다는 걸.

나 또한 그랬다. 친구가 나에게 그런 말을 해주지 않았다면, 나는 나에게 그런 모습이 있다는 걸 평생 모르고 살았을 것이다. 나는 그 친구에게 고맙다고 하였다. 알려줘서 고맙다고. 네가 말해주지 않았으면 영원히 몰랐을 거라고. '그렇게 살도록' 내버려두지 않아서 고맙다고. 정말로 고맙다고.

인간은 모두 다 별로이다. 나도 인간이다.
그러므로 내가 별로라고 생각하는 인간처럼
나도 똑같이 별로이다.

그러니 서로의 부족한 부분을 채워주며 살아가자.
나의 부족한 부분도 인정하고, 타인의 부족한 부분도 인정하자.

● 열등감 삼행시

열등감劣等感 [명사]

열심히 살아도 나아지지 않는

등신 같은 나에게 느끼는 하나의

감정

● 감정온도 조절장치

감정을 조절하는 '감정온도 조절장치'가 있다면 얼마나 좋을까.

내가 유독 자존감이 낮아지는 날은, 나쁜 감정이 극대화되는 날이다. 몸이 힘들면 누워서 쉬면 되지만 마음은 눈에 보이지 않아서 관리하기 어렵다. 특히 분노, 미움, 증오, 서운함, 질투같이 온도가 뜨거운 감정들은 잘못하면 나를 태워버리기도 한다.

그날은 유독 감정의 온도가 뜨거운 날이었다. 서운함이라는 작은 씨앗이 심겼다. 작은 씨앗은 스스로 발화했다. 발화한 씨앗은 순식간에 온 마을을 불길로 덮었고, 주민들은 괴로움을 호소했다. 물이 필요했다. 이 불길을 꺼줄 물이. 하지만 물은커녕 불길은 더더욱 커져만 갔다. 나의 이런 괴로움을 누가 달래줄 수 있을까?

유독 감정이 뜨거워서 나를 태워버릴 것 같은 날엔, 차가운 무언가를 만나면 좋다. 나는 지나치게 감정적일 때 이성적인 활동으로 뜨겁게 데워진 마음을 진정시켰다. 조금 웃기긴 하지만 논리학 책을 읽거나, 수학 문제를 풀거나, 오목을 두거나, 루미큐브(숫자게임)를 하거나, 과학 관련 다큐를 보거나, 청소를 하는 등.

이 방법은 뇌 과학적인 관점에서도 꽤 효과적이다. 대뇌변연계의 '편도체' 부위는 유쾌, 불쾌와 같은 좋고 싫음을 판단한다. 불쾌한 기분이 들면 편도체가 활성화된다. 반면 '전두엽'은 전반적인 문제해결 능력을 돕는 부위이다. 편도체는 울면서 떼쓰는 아이 같다면, 전두엽은 할 일을 지시하는 군인 같다. 사고계가 감정계를 지배하는 전략은 뇌 과학적인 관점에서도 유용한 방법이다.

그러니 뜨겁게 올라간 마음을 차갑게 진정시키는 나만의 방법을 많이 개발했으면 좋겠다. 그런 사소한 것들이 삶의 질을 바꾸는 열쇠가 될지도 모른다.

⋮ 마이웨이형 인간은 자존감이 높다?

요즘 '마이웨이my way'라는 단어가 많이 등장한다. 마이웨이는 남의 시선에 신경 쓰지 않고 당당한 사람을 지칭한다. 한국 사람들은 남의 시선에 신경을 참 많이 쓴다. 그래서 마이웨이형 인간이 자존감이 높다고 생각하여 그들을 부러워한다. 특히 타인의 눈치를 많이 보는 소심한 사람들이 그들을 더 부러워한다.

정말로 마이웨이형 인간들이 자존감이 높을까?

내가 자존감이 제일 낮았던 시기는 '마이웨이'를 실천했을 때였다. 타인의 시선에 신경을 쓰지 않고, 나만의 길을 간다는 식으로 행동하며, 옷도 특이하게 입고, 머리도 짧게 잘랐다. 비난하는 사람들이 있어도 '그러든지 말든지' 하면서 상관하지 않으려고 노력했고, 내 취향대로 살았다.

하지만 만일, 내가 사랑하는 자녀가
별나게 하고 다니면

나는 자녀에게 뭐라고 말하게 될까?

자기 자식이 타인에게 욕먹기를 바라는 부모는 없다. 마찬가지로 내가 나를 정말 사랑한다면, 나를 욕되게 하지 않는다. 지나치게 눈치를 많이 보는 것도 문제지만, 지나치게 눈치를 보지 않는 것도 문제이다. 타인의 시선을 신경 쓰지 않는 건 사실상 나에 대한 방치이다.

사실 당신은 타인에게 사랑받는 사람이 되고 싶지 않은가? 나를 욕되게 하기 싫지 않은가?

내가 나를 사랑하지 않으면 타인도 나를 사랑할 수 없다. 내가 나를 사랑하려면 내가 사랑받을 만한 존재라는 걸 확인받아야 한다. 남의 눈치를 보지 않는다고 해서 자존감이 높은 것이 아니다. 타인으로부터, 나로부터 나를 지킬 줄 아는 사람이 진정으로 자존감이 높다.

내가 나를 사랑하고, 동시에 타인이 나를 사랑하면
자존감은 그제야 서서히 상승할 것이다.

모두 다 같은 사람

자존감이 강한 사람은
절대로 나처럼 슬퍼하지 않을 거야.

자존감이 강한 사람은
절대로 나처럼 우울해하지 않을 거야.

우리는 자존감이 강한 사람을 '로봇'처럼 생각합니다.
그들도 나와 같은 사람인데,
아무런 감정도 못 느낀다고 착각합니다.

자존감이 높은 사람들도 슬퍼합니다.
자존감이 높은 사람들도 우울해합니다.
자존감이 높은 사람들도 화를 냅니다.

다만, 그들은 그 감정에서 빨리 빠져나올 뿐입니다.

그 차이밖에 없습니다.

● 무기력을 극복하는 방법

　유난히 무기력해질 때가 있다. 아무것도 하기 싫고, 움직이기 싫고, 심지어는 숨 쉬기도 귀찮아진다. 그럴 때는 그냥 움직이자. 무기력의 원인에 대해서 생각해보는 것은 좋다. 그러나 원인을 알아낸다고 해서 무조건 무기력에서 빠져나오는 것은 아니다. 원인은 아는데 행동을 안 하게 될 수도 있고, 행동을 안 하는 자신을 자책하다가 다시 무기력에 빠질 수도 있기 때문이다.

　'그냥 움직이는 것'은 간단하다. 생각을 '한 문장 이내'로 하면 된다. 예를 들어 다이어트 때문에 운동을 해야 한다면 이런 생각들이 든다. 아⋯ 하기 싫다, 언제 하지?, 조금 있다 할까?, 시간이 많이 늦었는데, 잠은 언제 자지?, 내일 옷은 무얼 입지? 등등. 이때 이런 잡생각들을 다 버리고 딱 한 문장만 생각하고 바로 행동으로 옮기자.

　세계적인 피겨스케이팅 선수 김연아는 "무슨 생각을 하면서 (스트레칭을) 하세요?"라는 질문에 "무슨 생각을 해⋯ 그냥 하는 거지."라고 대답했다. 생각에 지나치게 잠식되면 행동하지 못한다. 애인이 나에 대한 사랑을 행동으로 보여주지 않고 생각만 한다면, 나는 애인에게 사랑받는다고 느낄 수 있을까?

마찬가지이다. 나를 진정으로 사랑한다면, 생각에서 벗어나 행동으로 보여주어라. 나를 위해 운동하고, 나를 위해 청소하고, 나를 위해 공부하고, 나를 위해 산책해야 한다는 뜻이다.

내가 나를 사랑하기란 참 힘들다.

내가 나를 사랑한다면,
확실한 행동으로 보여주었으면 좋겠다.

나를 정말로 사랑한다면 말이다.

: 나를 인정해주는 환경

나는 많은 집단(혹은 모임)에 있었다.

술을 좋아하는 사교모임, 음악을 좋아하는 밴드부, 책과 토론을 좋아하는 모임, 심리이론을 좋아하는 모임, 그림을 좋아하는 모임, 이모티콘을 그리는 모임, 다이어트를 하는 모임, 연극 모임, 특정 영화 제작사를 좋아하는 모임, 보컬학 원 모임, 웹툰학원 모임, 운동 모임, 교회 모임, 시나리오 모 임에 참여했었다. 각종 아르바이트를 하면서 사람들과 부대 껴 보기도 하고, 직장생활을 하면서 사람들과 있어 보기도 하고, 가족 구성원으로도 있어 보고, 10년 동안 알고 지낸 친 구들과도 있어 보았다.

다양한 사람들과 지내면서 느낀 것은 한가지이다.
그건 바로, 나를 환영해주는 곳이 있고 아닌 곳이 있다는 것이다.

모임에 속해 있는 사람들이 나를 필요로 한다면, 당연히 나를 환영해준다. 나를 필요로 하지 않는다면, 환영해주지 않는다. 나는 똑같이 행동했을 뿐인데, 어느 모임에 가면 환영받고 어느 모임에 가면 환영받지 못한다. 참 신기한 일이다. 동시에 아찔해진다. 집단의 평가가 객관적인 평가가 아니라니, 하마터면 속을 뻔했다.

또 하나, 한 번 사는 인생이라면 나를 환영해주는 사람들과 함께해야 행복하다고 생각했다. A모임에 가면 나는 비사교적인 사람이 된다. (주로 술 모임 같은 사교모임이 그렇다.) B모임에 가면 나는 트러블 메이커가 된다. 하지만 C모임에 가면 나는 환영받는 사람이 되고, D모임에 가면 반가운 사람이 된다.

내가 만약 A, B모임만 다녀왔다면 어땠을까? 나는 비사교적이고, 트러블 메이커가 된다. 얼마나 자존감을 낮추게 만드는 계기인가. 또 얼마나 교묘한 함정인가.

집단의 평가는 객관적이지 않다.
모두에게 사랑받을 수 없는 것도 당연하다.

하지만 모두가 나를 미워하는 것은 아니다.
그러니 주변에 휘둘리지 말고,
자신감을 가져서 나답게 살아가자.

그래야 진정으로 나와 잘 맞는 사람들과 행복하게 살 수
있을 테니까.

⋮ 완성하는 습관

　나는 일을 끝마치는 걸 어려워하는 사람이었다. 하고 싶
은 건 많았지만 늘 마무리가 엉성했다. 그러나 우연히 글을
쓰면서 책을 내게 되었다. 책은 내용이 짧은 시집이었다. 완
성도보다는 '완성' 그 자체에 집중을 했더니 책 한 권이 뚝딱
나왔다. 상상만 했지, 실제로 책이 나오는 걸 보니 마음이 너
무 벅차올랐다.

　"미완결 된 게 많으면 상처받는다."라는 문장을 본 적이
있다. 내 옛날 일기장에서 발견한 문장이었다. 사람은 무언
가를 할 수 없는 존재라고 생각할 때 우울해진다. 반대로 아
주 사소한 것이라도 마무리를 짓다 보면 나도 무언가를 할
수 있는 존재라는 인식이 생긴다.

　아주 사소한 것이라도 완성하는 습관을 들이자.
　시작보다 마무리가 더 중요하다.
　당신은 충분히 잘 해낼 수 있다.

　나 자신을 믿고 따라가자.

사람들은 말한다. "좋아하는 일을 하세요!"

좋아하는 일은 '흥미'에 해당되고, 잘하는 일은 '적성'에 해당된다. 흥미와 적성이 모두 높을 때 직업 만족도가 높아진다.

좋아하는 일을 잘하는 것.
잘하는 일을 좋아하는 것.

나는 '창작'을 좋아했다. 특히 예술 분야에 흥미가 많았다. 하지만 좋아하는 마음만으로는 부족했다. 내가 잘할 수 있는 걸 찾는 게 중요했다.

나는 무엇을 잘할까.

고민을 하다가 의외의 부분에서 답을 찾게 되었다. 그것은 다름 아닌 고등학교 성적표였다. 내가 가장 잘하고 좋아했던 과목은 '국어'였다. 그래서 작가의 길을 선택했다. 내가 무엇을 잘하는지 잘 모르겠다면, 어떤 과목의 성적이 좋았는지 떠올려보면 어떨까?

사람은 누구나 잘하는 것이 있다. 아무것도 잘하는 게 없다고 느껴져도, 사실은 그렇지 않다. 답은 찾아보면 나온다. 찾으려는 시도를 하는 사람과 하지 않는 사람만 있을 뿐이다.

한 번 사는 인생, 내가 좋아하고 잘하는 일을 하자.

나를 있는 힘껏 빛내자.

나만의 색

세상에는 여러 가지 색이 있다. 모든 색을 섞으면 검은색이 된다. 나만의 색을 잃는 가장 확실한 방법은 모든 색을 수용하는 것이다. 타인의 감정, 생각, 가치관 등을 비판적 사고없이 모두 수용하기 때문에 우리는 어두워졌는지도 모른다.

⋮ 한 가지만 잘하기

인간은 저마다 다른 개성과 가치를 가지고 있다. 누군가는 만드는 것을 잘하고, 누군가는 반복적인 일을 잘하며, 누군가는 계산에 능하고, 누군가는 인간관계를 잘한다.

그러나 우리 사회에는 서로의 개성을 인정하고 강화하는 교육시스템이 없다. 모든 과목을 골고루 잘해야 좋은 성적을 받아 좋은 대학에 갈 수 있고, 학벌로 등급이 나뉜다. 마치 한우 등급처럼 엘리트 대학을 졸업한 사람들은 존경을 받고, 4년제를 졸업하면 그보다 덜 존경을 받고, 전문대를 졸업하면 또 그보다 덜 존경을 받는다. 아예 대학을 다니지 않으면 "왜 대학을 안 갔냐."라고 하며 이상한 취급을 받는다.

왜 모든 과목을 잘해야만 할까. 왜 그래야만 좋은 대학에 가는 건데? 이해되지 않았다. 이런 만능주의는 어디서 온 걸까. 그냥 한 가지만 잘하면 안 되는 건가? 왜 궁금하지도 않은 것들을 억지로 배우게 하는 걸까? 모든 게 이해되지 않았다. 졸업한 대학으로 사람을 평가하는 것, 모든 과목을 잘해야만 좋은 성적을 받는 것, 학벌주의 등등. 이해하고 싶지 않은 것들이 세상에는 너무 많았다.

이제는 속지 않고 싶다. 만능이 아니어도 괜찮다는 것을 스스로에게 알려주고 싶다. 긍정심리학의 창시자인 마틴 셀리그만Seligman, M. 교수도 이에 동의했다. 인간은 자신이 잘하는 한 가지 일만 해도 행복해질 수 있다고 말이다.

그러니 내가 못하는 것에 너무 열등감이나 좌절감을 느끼지 않았으면 좋겠다. 그 대신 내가 잘하는 것에 집중하여 역량을 길렀으면 좋겠다. 그거야말로 진짜 나답게 사는 길이라고 생각한다. 나를 포함한 모든 사람들이 자신이 잘하지 못하는 것을 두고 괴로워하지 않았으면 좋겠다.

모든 걸 잘하지 않아도 괜찮다. 정말이다.

방향

나에게 솔직해질 것.

그렇지 않으면
아주 많은 시간을 낭비하게 될 테니.

내가 잘하는 것

사소한 것도 잘하는 게 될 수 있다.
내가 잘하는 것은 무엇일까?

기침 시원하게 하기.

죽음에 대해 생생하게 상상하기.

책 하루 만에 다 읽기.

영화 하루에 3개씩 보기.

하기 싫은 일 최선을 다해 미루기.

MBTI에 과몰입하기.

공상하기.

그 누구보다 느리게 걷기.

엄지와 약지를 번갈아가며 빠르게 움직이기.

엄마 새치 염색 20분 만에 해드리기.

자작곡 만들기.

설거지 깨끗하게 하기.

작심삼일 하기.

하루도 안 빼먹고 일기 쓰기.

하루도 안 빼먹고 성경 필사하기.

아무 말이나 빼곡하게 쓰기.

하루 종일 집에만 있기.

1년 동안 사람 안 만나기.

비눗방울 크게 불기.

자전거 똑바로 타기.

애인에게 연락 재촉 안 하기.

라면 끓이기.

하루 종일 마스크 끼기.

눈동자 좌우로 빠르게 굴리기.

동물들 귀여워하기.

폴더 정리하기.

마피아 게임에서 우승하기.

타자 빠르게 치기.

불행 예측하기.

하루 종일 잠자기.

물고기는 새에게
왜 헤엄을 치지 못하냐며 나무랐습니다.

그러자 새는 물고기에게
왜 하늘을 날지 못하냐며 나무랐습니다.

⁝ 그럴 수 있지

　내가 가장 못나고 한심할 때, 나를 있는 그대로 사랑해줄 사람이 있을지에 대해 생각한 적이 있다. 나도 나를 사랑하기 힘든데, 남에게 사랑을 바라는 건 욕심이라고 생각했다. 그러던 중 어느 날 아는 지인이 나에게 "그럴 수 있지."라고 말해주었다.

　"그럴 수 있지."

　이 말이 뭐라고 내 마음을 그렇게 울렸을까? 단 한마디로 이렇게 큰 위로를 받을 수 있다니. 나는 적잖이 놀랐다. 내가 듣고 싶은 말을 드디어 들은 기분이었다. 나의 있는 모습 그대로를 인정하는 듯한 말이었다.

　그럴 수 있지. 그럴 수 있어. 그럴 수 있잖아.

　나는 힘들 때마다 이 말을 되새긴다. 가끔은 힘내라는 말보다, 그럴 수 있다는 말 한마디가 더 큰 위로가 된다.

⁞ 나를 사랑한다는 것

사랑은 무엇일까? 그리고 나를 사랑한다는 건 어떤 의미
일까? 사랑의 사전적 정의를 보면 이러하다.

사랑 [명사]

1. 어떤 사람이나 존재를 몹시 아끼고 귀중히 여기는 마음.
   또는 그런 일.
2. 어떤 사물이나 대상을 아끼고 소중히 여기거나 즐기는
   마음. 또는 그런 일.
3. 남을 이해하고 돕는 마음. 또는 그런 일.
4. 남녀 간에 그리워하거나 좋아하는 마음. 또는 그런 일.
5. 성적인 매력에 이끌리는 마음. 또는 그런 일.
6. 열렬히 좋아하는 대상.

사랑의 의미는 생각보다 다양하고 광범위하다. 다행일까
불행일까? 나는 다행이라고 생각한다. 왜냐하면 사랑은 우리

의 삶을 행복하고 윤택하게 만들어주기 때문이다.

    그렇다면, 나를 사랑하는 방법은 무엇일까?

    사전적 정의에 따르면 1번이 나를 사랑하는 방법에 가장 가깝다. '나를 아끼고 귀중히 여기는 것.' 그것이 나를 사랑하는 것이다.

    그렇다면, 사람이 무언가를 아낄 때, 어떻게 행동할까?

    나는 나 자신을 아낄 때, 새로 산 핸드폰을 대하듯이 한다. 깨지지 않도록 조심히 다루고, 수시로 액정을 닦아주는 식이다. 마찬가지로 나 자신을 소중히 대할 때, 마음이 다치지 않도록 조심히 다룬다. 나 자신에게 아픈 말을 하지 않고, 상처를 내지 않는다. 마음에 때가 묻을 땐, 액정을 닦듯 마음을 갈고 닦는다. 더러워지지 않도록.

    나 자신을 사랑하기 힘든 날,
    '나는 새로 산 핸드폰이다.'라고 생각해보면 어떨까?

⋮ 그림자

위태롭고 불안하게
흔들리는 단 하나의
촛불이여

단 한 줄의
희망을 위해
바람 불지 않는
그곳으로 가라.

그리고
촛불이 비추는
단 하나의 그림자와
최대한 많은
대화를 나눠라.

그 그림자는 다름 아닌
자기 자신이니,

외로운 시간을
견뎌내기 위해서는
나와 가장
친한 친구가 되어라.

나를 위로해줘야
하는 사람은
결국 단 한 사람,

내가 되어야 한다.

⁝ 아픈 말 하지 마요

누군가가 나에게 이렇게 말한다면
나는 분명 화를 낼 거야.

"너는 왜 이렇게 멍청하니?"
"너는 왜 이렇게 못생겼니?"
"너는 왜 이렇게 운이 없니?"

그러나 내가 나 자신에게 이렇게 말한다면
나는 분명 화내지 못할 거야.

'나는 왜 이렇게 멍청하지?'
'나는 왜 이렇게 못생겼지?'
'나는 왜 이렇게 운이 없지?'

언제부터 나는
나 자신보다 타인을 더 우선시한 걸까?

타인에게는 함부로 말하지 못하면서,
나 자신에게는 함부로 선 넘는 말을 하고,
무례함을 아무렇지 않게 용인하는 걸까?

나만은 내 편이 되어주길

누군가에게 안 좋은 말을 들을 때, 타인이 내 생각을 부정하더라도 나만은 내 편을 들어주어야 한다. 내가 하는 행동, 생각, 감정은 내 입장에서는 100% 타당한 것이기에 선택을 믿어주어야 한다.

내 마음은 타인보다 나 자신이 먼저 헤아려주자. 그리고 오늘 하루, 고생한 하루였다면 자기 자신을 '애인'이라고 생각하자. 애인이 기뻐할 만한 일을 계획하고, 그에 따른 보상을 주자.

나는 온전히 나의 편이다.

⋮ 까칠한 사람

메마른 땅에서
살아남을 수 있는
유일한 것.

그것은 정성스레 심은
아름다운 꽃이 아닌

가시 돋친 선인장이었다.

⦂ 긍정적인 이기심

　사람은 모두 이기적이다. 그러나 이기적인 건 무조건 나쁘다고 비난하는 사람들이 있다. 이기적인 것은 정말 나쁜 것일까?

　나는 내향적인 성격이다. 그래서 사람을 자주 만나는 것을 싫어한다. 어느 날 지인이 나에게 이렇게 물었다. "너는 한 달에 사람을 몇 번 만나는 게 좋아?" 나는 대답했다. "나는 1년에 한 번만 만나도 충분해."

　예전의 나는 불필요한 약속을 거절하지 못했다. 그래서 한 달에 두 번 이상은 사람을 만나고 다녔다. 그러다 보니 에너지를 충전하지 못하는 시간이 늘었다.

　나는 왜 그랬을까? 아마도 나 자신보다 타인을 더 중요하게 생각한 것 같다. 약속을 거절하기 미안해서, 상처 주기 싫어서, 좋은 사람으로 보이고 싶어서 나 자신을 소홀히 대하였다. 나 자신에게는 왜 미안해하지 않았을까?

그러던 도중, 코로나 바이러스가 터져서 자연스레 만남을 줄이게 되었다. 방전된 에너지가 다시 차오르는 게 느껴졌다. 이제부터 타인보다 나 자신에게 좀 더 많은 시간, 금전, 정신적 에너지를 들이기로 했다. 그래야 자아에 중심이 잡힌다는 사실을 알게 되었기 때문이다.

나보다 타인을 우선시하면 자존감이 낮아진다. 남에게 퍼주기만 한다면, 자기를 제대로 사랑하지 않는 것이다. 타인에게 희생을 할 때 보상 없이도 만족스럽다면, 그것이 진짜 만족인지 가짜 만족인지 검토해 볼 필요가 있다. 타인은 내가 희생하고 있다는 걸 생각보다 잘 알아차리지 못한다.

이기적인 것은 나쁜 것이 아니다. 나를 챙겨야 자아에 중심이 잡힌다.

중심을 잡고 살아갔으면 좋겠다.

⫶ 자책을 줄이는 법

능력이 중시되는 사회에서
쥐뿔도 없는 나를 사랑하기란 참 어렵다.

그러니 나 자신을 너무 탓하지 말자.
세상이 나를 그렇게 만든 것뿐이야.
그쪽도 조금은 책임이 있다고.

: 나를 사랑하는 법

잘하고 있다는
뻔한 말은 하지 않을게.

잘하지 못해도 괜찮아.
마음껏 실망해도 괜찮아.
불안해해도 괜찮아.

모두가 너를 욕해도
나 하나만큼은
너의 못난 모습도 사랑해 줄게.

● 칭찬과 격려의 힘

완벽주의는 정말 고질병이다. 완벽주의에 대한 기준마저 완벽에 가깝게 설정해놓고, 완벽주의라기엔 완벽하지 않다고 말한다. 그래서 완벽주의는 고질병이다. 자신이 완벽주의라는 사실조차 완벽하게 속이니까.

나는 나 자신에게 관대할까, 엄격할까? 사람들의 마음에는 내면아이가 있다. 나는 내면아이에게 엄격한 부모일까, 관대한 부모일까? 완벽주의자들은 자기 자신에게 엄격할 가능성이 높다. 애초에 기준을 높게 설정하기 때문이다.

내가 유치원 교사를 할 때, 아이들에게 가장 잘 먹혔던 방법은 '칭찬하기'와 '격려하기'였다. 내 마음속 내면아이에게 관대한 부모가 되어주자. 사소한 것도 지나치지 않고 잘했다고 칭찬을 해주자. 나는 잘하고 있고, 앞으로도 잘할 것이라고 말해주자. 잘하고 있지 않아도 괜찮다고 말해주자. 잘 못해도 괜찮다. 앞으로 더 잘하면 되니까.

⦂ 언젠가는

나는 다시 태어나도 나로 태어나고 싶을까?
나로 다시 태어나고 싶은 사람은 몇이나 될까?

자존감을 구성하는 요소 중에 '자기 조절감'이라는 영역이
있다. 자기 조절감은 자기가 하고 싶은 대로 하고자 하는 본
능을 의미한다. 나는 자기 조절감이 부족했다. 하고 싶은 것
은 많았지만, 겁이 난다는 이유로 하고 싶은 걸 마음껏 하지
못했다.

하지만 괜찮다고 생각했다. 미래를 위해서 현재의 욕구를
줄이면 된다고 생각했다. 그러나 어느 날, 이런 생각이 들었
다. '내가 미뤄왔던 것들은 언제쯤 하게 될까?' 아무리 생각해
도 알 수 없었다. 마치 읽기로 다짐해놓고 구석에 처박아놓
은 오래된 책 같았다. 언젠가는 읽어야지. 언젠가는 읽을 거
야. 언젠가는…. 언젠가는….

그 언제가 언제일까?

어쩌면 무시할 용기가 필요한 건 아닐까? 내가 진정으로 원하는 것을 하기 위해 타인의 목소리를 무시할 용기 말이다.

내가 하고 싶은 걸 너무 미루지 말자.
남이 아닌 나를 위한 선택을 많이 하자.
내가 행복해야 주변 사람도 행복해질 것이다.

⋮ 의문

현실과 타협하고,
관계와 타협하고,
분노와 타협하고,
본능과 타협하고,
끊임없는 타협의 과정에
진정한 나 자신은 있었을까?

자유를 얻는 법

나는 어렸을 때부터 자유를 갈망했어.
늘 무언가에 억압받는다고 느꼈고,
이유 모를 답답함이 계속됐어.

그러다 어느 날 꿈을 꿨어.
지나가는 도로에서 춤을 추는 꿈을 말이야.

그제야 깨달았어.
자유는 타인의 시선으로부터
자유로워질 때 얻어진다는 걸.

타인의 판단이
나를 자유롭게 하지 못하는
방해물이었다는 걸.

나만의 순수한 열정이
타인으로 인해 재단되고,

평가되었던 순간들이 있었을 거야.

그럴 때는 심호흡을 크게 하고
마음을 안정시키자.

그리고 생각해 보자.
이것은 나의 생각인지, 타인의 생각인지.

⦂ 너무 많은 문장들

타인이 나를 깎아내리거나 무시하는 말을 할 때, 예전의 나는 속으로 너무 많은 문장을 나열했다.

하지만 이제는 노하우가 생겨서 그러지 않는다.

타인이 나를 깎아내릴 때는 딱 한 문장만 생각한다.

'그래서, 뭐 어쩌라고?'

너무 많은 근심을 하지 말자.
너무 많은 번뇌를 하지 말자.
너무 많은 생각을 하지 말자.

너무 많은 문장들을 나열하지 말자.

타인의 평가 때문에 나를 잠식시키지 말자.

새로운 시작

나다워지기 위해서는

하고 싶은 일을 하는 것보다

하기 싫은 일을 하지 않는 게 더 중요하다.

⁝ 99도에서 100도가 되기

물은 99도에서는 끓지 않는다. 100도가 되면 그제야 끓는다. 물뿐만 아니라 우리도 저마다 임계점을 가지고 있다.

대부분의 사람들은 임계점 앞에서 포기하고 돌아선다. 조금만 더 견디면 한 단계 더 나아갈 수 있는데, 포기하면 그 순간은 마음이 편하기 때문에 발전보다는 포기를 선택한다.

하지만 포기하면 예전과 같은 삶을 살게 된다. 내가 조금 더 나답게 살기 위해서는, 여러 노력을 기울여야 한다. 내가 진정으로 나다워질 수 있었던 건, 순간의 임계점을 잘 견뎌왔기 때문이다.

포기하고 싶은 그 1분을 참아내자.
임계점을 넘기면, 더 넓은 세상이 펼쳐질 것이다.
임계점을 넘기면, 점점 발전하는 모습이 눈에 보일 것이다.

4장

어떻게

살아야

행복해질 수 있나요

⠸ 버리는 행위의 이점

어느 날 집에 있는 물건을 버리기로 결심했다. 무언가를 버린다는 건 어떤 의미일까.

나에게 버리기란 '또 다른 시작'을 의미했다. 나는 퇴사 후 새로운 시작이 필요했고, 그래서 물건을 버리기로 결심했다.

그중 가장 버려야 할 것은 옷이었다. '언젠가는 입겠지' 하고 쌓아둔 옷이 몇 벌인가. 어울리지 않는 옷, 구멍 난 옷, 사이즈가 작은 옷, 낡은 옷들은 다 박스에 고이 담았다. 한 박스는 족히 넘게 나왔다. 행복을 채우려면 과거의 불행을 버리는 작업을 해야 한다. 비워야 채워지기 때문이다.

마찬가지로 기억에도 소각장이 있다. 그리고 쓰레기 같은 기억들은, 손 뻗으면 바로 열리는 첫 번째 서랍장에 들어있다. 정신이 어지러운 이유는, 쓰레기 같은 기억들로 인해 날

파리가 꼬여있기 때문일지도 모른다.

버려야 할 기억들을 버리지 못하는 건
쓰레기를 방 안에 가득 쌓아두는 것과 무엇이 다를까.

나에겐 우울이라는 습관이 있었다. 우울에 익숙한 사람은
우울이 마치 '스마트폰' 같다. 있어도 딱히 쓸모는 없지만 없
어지면 당황스럽기 때문이다. 행복에 익숙하지 않은 사람은
행복하면 당황스럽고 불안하다. 행복하기 어려운 마음인 것
이다.

그렇다면 왜 나는 이토록 우울한 걸까? 우울은 '한계'라는
단어와 찰떡궁합이다. 한계를 잘 느낄수록 우울은 쉽게 찾아
온다. 그리고 우울하면 물속에 잠긴 것처럼 몸을 잘 안 움직
이게 된다. 그래서 우울은 한계를 인정할 때 고쳐진다. 맞지
않는 옷을 버리고, 어울리지 않는 옷을 버리고, 낡아서 입지
못하는 옷을 버리고, 사이즈가 맞지 않는 옷을 버리는 것.

한마디로,

입기엔 한계가 있는 옷들을 버리는 것.
그래서 나를 빛나게 하는 옷들만 남겨두는 것.

그것이 어쩌면 행복을 받아들일 수 있는 마음으로 세팅하는 첫 번째 순서일지도 모른다.

⁝ 희망 사항

때로는 우울함이 아닌
행복에 익숙해지고 싶고,
불안이 아닌
안정에 익숙해지고 싶어.

그러나 행복에 익숙해지면
행복할 수가 없고,
안정에 익숙해지면
안정될 수가 없어.

무언가에 익숙해지는 순간

우리는 그것에 대한 소중함을

새카맣게 잊어버리니까

익숙함에 속지 않으려고 노력해야 해.

불행하다고 느끼는 지금 이 순간에도

익숙한 행복이 숨어있을지도 몰라.

⁝ 유리 멘탈의 사고방식

　나는 슬픔을 연습한다. 슬픔이라는 녀석은 대미지가 크기 때문에 미리 슬픈 생각을 좀 해두어야 한다. 특히 삶은 변덕스러운 날씨 같아서 천둥번개를 내리기도 하고, 챙겨온 우산이 짐이 될 정도로 화창한 날씨를 선사하기도 하며, 견디기 힘든 천재지변을 안겨주기도 한다. 그러므로 심리적 대미지를 줄이기 위해서는 슬픔을 스마트폰처럼 항상 주머니에 넣고 다녀야 한다. 한 번에 찾아오는 큰 충격보다는 자잘하고 영구적인 우울을 택한 것이다.

삶

매정하리만큼 불친절한 삶

오늘도 여전히

실망을 안겨주고

그래 어쩌면

내가 삶을 사랑하는 만큼

삶도 나를

사랑해 주길 바랐나 보다.

짝사랑이 너무나도 괴로웠나 보다.

증명하는 삶과 증명되는 삶

나는 증명하는 삶이 익숙했다. 학교에서 의무교육을 받을 때는 성적을 통해 나 자신을 증명하고, 졸업하고 나서는 괜찮은 직장, 혹은 직업을 통해 나 자신을 증명했다. 그리고 백수였을 때는 SNS에 놀러 간 사진, 맛있는 음식 사진, 잘 나온 셀카를 올리며 나의 행복을 증명했다.

인간은 자신의 쓸모를 끊임없이 증명하는 존재인 걸까? 나는 내가 쓸모 있는 인간이라는 것을 확인받고 싶었다. 증명하는 삶에 너무 익숙한 나머지, 타인에게 인정을 받아야만 나 자신을 인정해 줄 수 있었다.

나는 무엇을 그렇게 증명하고 싶었을까?

내가 나의 삶을 사랑하지 않으면, 타인에게 나의 삶을 사랑해달라고 하게 된다. 타인의 인정 없이 스스로의 삶을 사랑하고, 스스로 행복해져야 하는데, 능력이 중시되는 사회에서는 그게 쉽지 않다. 그러나 나 스스로가 행복하면, 나의 행복만큼은 타인에게 자동적으로 증명이 된다. 증명하고 싶지 않아도 행복한 사람의 아우라는 쉽게 숨겨지지 않는다. 증명을 '하는' 것이 아닌, 증명이 '되는' 것이다.

그러니 타인의 인정이 아닌, 스스로 행복해질 수 있는 방법을 찾자.

증명하는 삶이 아닌, 증명되는 삶을 살자.

이것은 나 자신과의 약속이자, 권유이다.

⋮ 그럴 만한 이유

당신은 행복해질 자격이 있습니다.

왜냐하면
상처받은 대부분의 사람들은

순수한 영혼들이기 때문입니다.

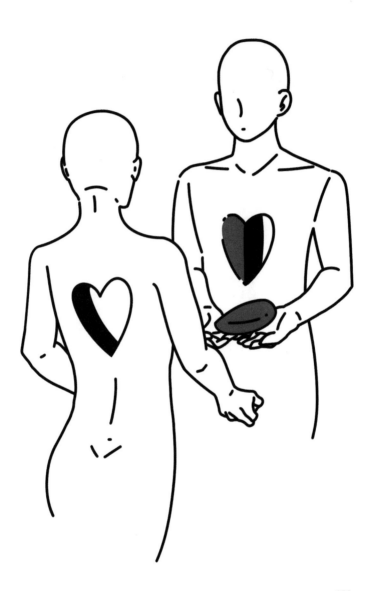

⁞ 감정에 마감 정하기

나는 감수성이 지나치게 풍부한 사람이었다. 그래서 좋은 음악을 들으면 실제로 가슴이 두근거렸다. 하지만 감수성이 풍부한 게 마냥 좋은 것만은 아니었다. 지나친 감수성은 때로는 내 인생을 방해했다. 중요한 업무를 해야 하는데 감정이 상하면 하루 일과를 망치기 일쑤였고, 인간관계에서도 손해를 보는 일이 많았다. 과유불급이지 않은가. 나의 경우에도 딱 그랬다.

그래서 늘 '나는 왜 이러는가?'에 대한 의문을 품고 살았고, 마음을 돌보는 일에만 인생의 절반을 쏟아부었다. 어쩔 때는 지나치게 감성적인 사람이 되지 않기 위해 논리학이나 수학 같은 걸 공부했다.

그랬더니 실제로 약간은 효과를 보았다. 하지만 그보다 더 효과가 좋았던 건 '심리학'이었다. 심리학을 통해 내 마음을 많이 이해할 수 있었다. 특히 〈회복탄력성〉이라는 책은 나에게 정말 많이 도움 되었는데, 그 책에서는 멘탈이 강한 사람을 '회복탄력성이 높은 사람'이라고 했다.

회복탄력성이란 간단하다. 유리 공을 바닥에 떨어트리면
깨진다. 하지만 탱탱볼을 바닥에 떨어트리면 다시 튀어 오른
다. 회복탄력성이 낮은 사람은 유리 공 같은 사람, 회복탄력
성이 높은 사람은 탱탱볼 같은 사람이다. 바닥을 치는 감정
을 느낄 때 그 자리에서 깨져버리느냐, 아니면 힘을 내서 다
시 튀어 오르느냐, 그 차이이다.

나는 회복탄력성이라는 개념을 깨닫고 나서, 감정에 마감
을 정하는 습관을 들였다.
감정에 마감을 정한다는 건 이런 것이다.

'딱 오늘 하루만 슬퍼하자.'
'딱 오늘 하루만 우울해하자.'
'딱 오늘 하루만 마음껏 불안해하자.'

밤이 지나면 반드시 아침이 온다.
다만 지금은 아주 깊은 밤일 뿐이다.

그러니 딱 오늘 하루만
우울해하고, 슬퍼하고, 화내고, 원망하자.

내일은 다시 힘내면 되니까.

마음의 쓰레기통

어느 날 공원에 갔습니다.
날씨도 맑고, 나무에는 꽃도 피어 있던
아주 예쁜 풍경이었습니다.

그런데 한 가지 아쉬운 점은
공원에 쓰레기가 너무 많았습니다.

왜 이렇게 쓰레기가 많을까? 생각해보니
공원에는 쓰레기통이 하나도 없었습니다.

어쩌면 사람의 마음에도

쓰레기통 하나쯤은 필요하다는 생각이 들었습니다.

그래야 나의 내면세계가

쓰레기 밭이 되는 일은 없지 않을까.

저의 쓰레기통은 '일기장'입니다.

마음이 쓰레기로 가득 찬 날에는

일기에다가 제 감정을 마음껏 분출합니다.

여러분들도 마음속에 쓰레기통을 만들고,

쓰레기가 생길 때 그곳에 버렸으면 좋겠습니다.

그리고 그 쓰레기통이

사람이 되지는 않았으면 좋겠습니다.

나의 쓰레기를 다른 사람의 밭에 버릴 필요는 없으니까요.

• 간단하게 행복해지는 법

행복해지려는 목표는
너무 추상적이니까
많이 웃기로
목표를 바꿔보자.

오늘 하루 많이 웃기.
몰래 미소 짓기.
박장대소하기.
입꼬리 올리기.

⁝ 작은 삶도 사랑하기

꽃은 참 신기하다. 집에 꽃 하나만 놓아도 분위기가 금세
화사해지니까.

어느 날 거실에 빨간 꽃이 놓여 있었다. 엄마가 꽃집에서
사 온 장미였다. 우중충한 날씨 때문에 기분도 우중충했던
날이었다. 신기하게도 꽃을 보자마자 기분이 산뜻해져서 엄
마에게 물었다.

"엄마, 이 꽃 언제 산 거야?"
"그거? 3일 전에."
"뭐? 나 오늘 처음 봤는데?"

당시 나는 큰 삶만을 바라보고 있었다. 미래에 대한 계획
으로 가득한 생활이었다. 정작 작은 것들은 놓치고 있었다.
꽃 하나에도 이렇게 기분이 좋아질 수 있는데, 큰 삶에 집중

하느라 작은 삶들을 소홀히 했고, 세상에 나를 증명하느라 일상 속 즐거움을 놓쳤다.

"행복은 강도가 아닌 빈도"라는 말을 들은 적이 있다. 큰 행복 하나보다는 자잘한 행복 여러 개가 일상에서 더 큰 만족감을 준다는 말이다. 예전에는 멋지고 존경받는 사람들이 부러웠는데, 이제는 재밌고 건강하게 사는 사람들이 부럽다. 나는 큰 삶을 위해서는 부지런히 움직였지만, 작은 삶은 게을리했다. 이제부터라도 작은 삶들을 게을리하지 않는 연습을 하고 싶다. 안분지족安分知足에 최적화되어 있는 사람들을 보면 남 얘기라고 생각했었다. 이제는 나도 시간이 아깝다는 핑계로 하지 않았던 것들, 꼭 성과가 있는 게 아닌 것들, 그러나 내 기분을 좋게 해주는 것들로 인생을 채우고 싶다.

배달음식을 시켜 먹는 대신 요리를 하자. 화초나 꽃을 가꾸면서 신선한 기분도 느끼자. 내 공간을 구석구석 청소하면서 살아 있는 기분을 느끼자. 아무리 일이 바빠도 날이 좋을 때는 시간을 내서 산책을 하자.

그리고 가장 중요한 것은, 나의 작은 삶도 사랑하자.

⦂ 예상치 못한 행복

세상에는 내가
원하는 대로 안 되는 게
너무나도 많아.
아주 단순한 것조차도 말이야.

그러나 세상은 내가
예상치 못했던 행복을
안겨 주기도 해.
아주 단순한 것조차도 말이야.

⦂ 건강해서 다행이야

두통 때문에 하루 종일 누워 있었을 때였다. 조금 과장을 보태자면 두개골이 쪼개지는 것 같았다. 며칠 전에는 삶이 불만족스러워서 투정을 부렸다. 그러나 두통이 너무 심했던 그날, 나는 깨달았다. 투정도 여유가 있어야 부릴 수 있다는 것을.

몸이 아프면 무언가를 생각할 여유조차 없어진다. 그저 아주 평범했던 날들이 그리워진다. 정상적으로 걷고, 정상적으로 잤던 그런 안온한 날들 말이다.

어쩌면 불평불만은 신체적으로 건강한 사람만이 할 수 있는 '특권'은 아닐까? 반대로 말하면, 너무 건강한 나머지 삶을 온통 불평불만으로 낭비하고 있었던 건 아닐까?

그러니 지금 건강한 신체를 감사히 받아들이고 건강한 방향으로 사용하자.

나의 영혼을 갉아먹는 생각은 하지 말자.

감사하기의 힘

사람은 행복을 느낄 수 없을 때 불만이 많아집니다.
불만이 많으면 감사할 수 없게 됩니다.

오랫동안 아주 많이 아팠다가
정상적인 일상생활로 돌아온 사람이나,
인생에서 버티기 힘든 큰 사건을 겪은 사람들은
아주 사소해 보이는 것들에도 감사하는 습관이 있습니다.

감사도 연습입니다.
불평하는 사람들의 말에 속지 마세요.
그들은 다른 사람들이 행복해지는 모습을
보고 싶어 하지 않는 사람들입니다.

아주 사소한 것부터 감사해보면,
일상이 아주 소중해지고,
내 삶에 좋은 점들도 많이 보이고,
어느 순간에는

살아 숨 쉬는 것에도 감사를 느끼게 됩니다.

살아 있는 것 자체에 감사를 느끼는 건
행복으로 충만한 상태입니다.

감사를 연습해보세요.

나는 어떨 때 행복할까

일상에서는 도저히 행복을 찾을 수 없다고 느끼나요?
꼭 새로운 곳에 가야만 행복해질 수 있다고 느끼나요?

그럴 때는 종이에다가
'나는 어떨 때 행복을 느끼는지' 적어보세요.
그리고 우울할 때마다 그것을 하나씩 실천해보세요.

저는 이럴 때 행복을 느낍니다.

1. 가족들과 웃을 때

2. 귀여운 것을 보고 만질 때

3. 뜨거운 아메리카노에 치즈빵을 먹을 때

4. 집중해서 책 읽을 때

5. 성공한 내 모습을 상상할 때

6. 픽사Pixar 영화를 볼 때

7. 마음에 드는 음악을 들었을 때

8. 재밌는 만화를 볼 때

9. 재밌는 드라마를 볼 때

10. 노래방에서 노래를 잘 불렀을 때

11. 벚꽃을 볼 때

12. 여의도 한강을 보며 멍 때릴 때

13. 자전거를 탔는데 내리막길이 나왔을 때

14. 그림을 그리는데 잘 그려질 때

15. 분위기 좋은 카페에 사람이 나밖에 없을 때

16. 햇볕을 쬐며 짬뽕을 먹을 때

17. 피아노, 기타가 잘 쳐질 때

.
.
.

저는 총 80개를 썼습니다.

당신의 행복 리스트는 무엇인가요?
종이나 컴퓨터나 핸드폰 등 아무거나 좋으니
나만의 행복 리스트를 적어보세요.

그리고 우울할 때마다 리스트를
하나씩 실천하세요.

내가 우울할 때 중심을 잡아 줄
유일한 숨구멍이 될 거예요.

: 어머니의 말씀 1

집 있겠다,
가족 있겠다.
뭐가 걱정이야?

너에겐
엄마가 있잖아.

그러니까 걱정하지 마.

행복의 강도

물건으로 얻는 행복,

음식으로 얻는 행복,

자연으로 얻는 행복,

여행으로 얻는 행복,

다 좋지만,

가장 큰 행복은

사람으로 얻는 행복입니다.

왜냐하면

비싼 물건을 얻지 못하는 것보다,

맛있는 음식을 먹지 못하는 것보다,

좋은 날씨를 즐기지 못하는 것보다,

사람과 싸워서 관계를 악화시키는 것이

인간에게는 가장 큰

스트레스이기 때문입니다.

그래서 사람은 사람으로부터 얻는 불행이 가장 크고,
반대로 행복도 가장 큽니다.

사람에게 받은 상처가 너무 크다면
스스로에게 치유할 시간을 주되,
사람에게 마음의 문을 닫을 필요는 없습니다.

왜냐하면 결국 사람은 사람을 통해
또다시 치유가 될 수도 있기 때문입니다.
또다시 행복을 얻을 수도 있기 때문입니다.

⋮ 나와 타인을 동시에 사랑하는 법

1. 타인과 우위를 비교하는 습관을 조금씩 줄인다.

2. 타인의 행동, 생각, 감정에 대해 가치판단을 하지 말고 '있는 그대로'를 존중한다.

3. 타인의 행동, 생각, 감정을 되도록이면 긍정적으로 평가하고 칭찬해준다. (칭찬은 결국 돌아오는 성질이 있기 때문에 결국은 나를 위한 것이다.)

4. 나를 존중해주지 않는 상대방에게는 2, 3번을 적용하지 않는다. (가장 먼저 존중되어야 할 것은 타인이 아니라 나 자신이기 때문에)

⋮ 나를 위한 시간들

사람을 미워하지 않는 건 불가능하다.

그러나

사람을 미워하는 시간을 줄이는 건 가능하다.

● 나를 좋게 봐주는 사람

고등학교 때 '칭찬 릴레이'라고 적혀 있는 종이를 받은 적이 있다. 선생님께서는 친한 친구의 칭찬할 만한 점을 쓰라고 했다. 당시 나의 베프는 내 칭찬을 종이의 칸이 넘어가도록 빼곡하게 적어주었다. 정말 고마웠다.

나는 10년이 지난 지금도 그 종이를 가지고 있다. 아주 가끔 내가 아무런 쓸모없는 인간이라고 느껴질 때, 그 칭찬릴레이 종이를 본다.
종이 한 장이 뭐라고 이렇게 위로가 되는 걸까.

나의 베프는 다른 친구들과는 다르게 나를 존경해주고, 존중해주며, 무엇보다 나를 좋게 봐준다. 누군가가 나를 좋게 봐주면, 더 잘 살아야겠다는 다짐을 하게 된다. 칭찬은 고래를 춤추게 하고, 인간을 긍정적으로 변화시킨다. 내가 그 친구에게 배운 것이 바로 그것이다.

타인을 좋게 봐주기.

인간에게는 장단점이 존재한다. 단점만 쏙쏙 골라 보는 사람이 있는가 하면, 장점만 쏙쏙 캐치해서 칭찬하는 사람이 있다. 나도 그 친구처럼 타인의 좋은 면을 많이 보고 싶다. 타인에 대한 칭찬릴레이를 써보라고 했을 때, 칸이 넘어가도록 빽빽하게 채울 수 있는 사람이 되고 싶다. 그래서 서로에게 긍정적인 영향을 줄 수 있는 관계를 만들고 싶다.

⁝ 저마다의 이유

우리는 저마다 무언가를 찾는다.

자동차는 주차할 곳을 찾고,
미아는 엄마를 찾으며,
사람은 사람을 찾듯이,

사람이 사랑에 빠질 수밖에 없는 이유이다.

한 방울의 사랑은 지성의 바다보다 거대하다.

— 파스칼

사랑의 이점

누군가를 사랑하면
더 나은 사람이 되고 싶어지고
누군가를 미워하면
더 나쁜 사람이 되고 싶어진다.

그래서 사람은 사랑할 때
비로소 더 나은 사람이 되어간다.

포용하기의 힘

나를 포용하지 못하는 사람들은
상대방도 포용하지 못합니다.
반대로 나를 포용할 줄 아는 사람들은
상대방도 포용할 줄 압니다.

포용은 마음의 그릇을 키우는 일입니다.
마음의 그릇을 키우면
상처받을 일이 줄어들고,
원망하는 일이 줄어들고,
미워하는 일이 줄어들고,
탓하는 일이 줄어듭니다.

마음의 그릇을 키우는 방법은 간단합니다.
'실수에 관대해지는 것'입니다.
실수에 관대해지기 위해서는
사람은 완벽하지 않다는 사실을 인정해야 합니다.

모든 사람에게는 단점이 존재합니다.

그 단점마저도 감수할 정도로 좋아한다면,

그것이 진정한 사랑입니다.

자신의 실수에 관대해지는 것은

나를 사랑하는 최고의 방법입니다.

삶 전체에 대한 사랑

영화, 음악, 소설 등 예술 분야에서 가장 많이 등장하는 주제는 '남녀 간의 사랑'이다. 사랑은 국가를 불문하고 인간이 느낄 수 있는 가장 강렬한 감정이다. 그만큼 사랑은 달콤하고 중독적이다.

그러나 한때 나는 스스로에게 '연애 금지령'을 내린 적이 있다. 애정결핍 때문에 상대에게 많은 애정을 요구했고, 상대는 나를 질려했다. 사랑을 줄 생각은 안 하고 받을 생각만 하니, 당연히 질릴 법도 했다.

영화 〈비포 미드나잇〉에 이런 대사가 있다.

"결국 중요한 건 상대방의 사랑이 아니라 삶 전체의 사랑이야."

사랑에 지나치게 부지런한 사람들이 있다. 나도 그런 사람 중 한 명이었다. 사랑에 부지런한 태도는 좋지만, 이런 사람들은 정작 자기 자신이 좋아하는 다른 것들은 잘 생각하지 못한다.

삶 전체를 사랑한다는 건, 상대방에게 집중하는 것뿐만 아니라 나의 목표에 집중하고, 취미에 집중하고, 친구에 집중하고, 공부에 집중하고, 밥벌이에 집중하고, 자기개발에 집중하고, 게임에 집중하고, 요리에 집중하고, 청소에 집중하고, 가족과의 대화에 집중하는 것이다. 오로지 상대방만을 바라보는 것을 넘어서, 삶의 순간순간 디테일한 것들을 대충 넘기지 않는 것이 삶 전체에 대한 사랑이다.

내 삶 전체를 진정으로 사랑할 수 있을 때, 상대방도 나를 더 사랑해줄 것이다. 오로지 자식만을 위해 희생하는 부모님의 사랑이 자식 입장에서 봤을 때 그다지 좋은 모습이 아니듯이, 남녀 관계도 마찬가지일 것이다. 오히려 부모님이 나를 위해 희생하는 것보다 본인의 인생을 재밌고 독립적으로 사는 것이 자식들 입장에서도 보기 좋지 않은가.

만일 지금 당신이 연애를 하고 있다면, 그리고 앞으로 연애를 하게 된다면, 삶 전체를 사랑하고 소중히 가꾸었으면 좋겠다. 그리고 그렇게 가꿔진 세계에 상대방을 초대하여 더 행복하게 살았으면 좋겠다.

미루기 쉬운 사소한 행복

지금 당장 행복해지는 건 생각보다 어려운 일이다. 특히 하루에 책임져야 하는 일과들이 많은 사람일수록 더 그렇다. 예를 들어 일과 육아를 동시에 해내야 하는 워킹맘, 수능이 100일 남은 수험생, 매일 야근하는 직장인 등. 나 또한 하루 일과가 너무 바쁘게 흘러갈 때가 있었고, 행복을 챙길 여유 따위는 없었다.

그러던 어느 날 길거리를 걷던 도중, 병원 건물이 그날따라 유독 눈에 띄었다. 병원을 보자 자연스럽게 죽음에 대한 생각이 들었다. 내가 만일 일주일 후에 죽는다면 지금처럼 살고 있을까. 생각해보면 아니었다. 하지만 내가 일주일 후에 죽는 경우는 보편적이지 않은, 특수한 경우가 아닌가? 희박한 가능성이다. 희박한 가능성 때문에 지금 당장 해야 할 일을 미루는 건 너무 어려운 일이다.

이럴 때는 어떻게 해야 행복해질 수 있을까?

사소한 행복을 미루지 말기로 결심하면 된다.

예를 들어 수능이 일주일밖에 남지 않은 수험생이라면, 가장 중요한 것은 '시험 준비'일 것이다. 하지만 바쁜 와중에도 사소한 행복을 미루지 않기로 결심하면, 자신의 상황에서 실천할 수 있는 행복을 찾을 것이다. 만약 그 학생이 초콜릿을 좋아한다면, 아무리 바빠도 초콜릿을 먹을 시간은 있다. 하지만 사람들은 바쁘다는 핑계로 사소한 행복을 미룬다. 그리고 여유 시간이 생기면 대부분 휴대폰을 본다. 휴대폰을 볼 시간에 자기가 하고 싶었던 사소한 행복을 실천하는 게 훨씬 이득인데, 그런 습관이 되어 있지 않으니 자연스레 핸드폰으로 손이 간다.

자신에 상황에 맞게 사소한 행복을 실천해보자.
그리고 이것을 습관화하자.

∶ 짧은 인생을 위해

해야 할 일만 가득한 하루라도
하고 싶은 일은 하자.

아무리 시간이 없는 하루라도
나를 위해 10분은 내자.

의무감으로 가득한 하루라도
숨 쉴 구멍은 만들자.

그리고 무엇보다, 가장 소중한 건
다름 아닌 '나 자신'이니

아무리 바쁘고 여유가 없어도
이 사실을 잊지 말자.

: 내가 미뤄온 것들

시간이 없다는 핑계로 미뤄온 것들이 있나요?
저도 있습니다.

영어 공부하기

비즈공예

그림 그리기

요리하기

편지 쓰기

수학 공부하기

작곡하기

엄마랑 산책하기

유튜브 개설하기

만화 창작

염색

여러분들이 미뤄온 것은 무엇인가요?
어디든 좋으니 한번 적어보세요.

그리고 하나씩 실천해보세요.

나를 위한 시간도 가끔은 필요해요.

행복한 삶의 종류

사람들은 행복한 삶을 '성공한 삶'이라고 생각하는 경우가 많다. 혹은 행복한 삶을 '풍족한 삶'이라고 생각하는 경우가 많다. 그러나 이 두 가지는 참 얻기 힘들다. 행복한 삶의 종류는 생각보다 많은데, 미디어에서는 이런 모습을 행복으로 착각하게 만든다.

나는 '낭만'을 좋아한다. 낭만적인 삶이 행복한 삶이라고 느낀다. 안전한 삶도 행복하다고 느낀다. 전쟁의 위험 없이 안전하게 사는 것도 행복한 삶이다. 봉사하는 삶도 행복한 삶이다. 하루하루를 의미 있게 살아가기 때문이다. 배우는 삶도 행복한 삶이다. 지적인 호기심을 충족하며 행복을 느끼기 때문이다. 연대하는 삶도 행복한 삶이다. 사람들과 웃으며 소통할 수 있기 때문이다. 성찰하는 삶도 행복한 삶이다. 종교에 집중하는 삶도 행복한 삶이다. 신성한 마음을 유지하도록 돕기 때문이다. 창작하는 삶도 행복한 삶이다. 나만의 것을 만들 수 있기 때문이다. 자연을 사랑하는 것도 행복한 삶이다. 정신적 힐링을 돕기 때문이다.

그 밖에 사랑하는 삶, 발전하는 삶 등 행복한 삶의 종류는 다양하다. 꼭 누군가에게 존경을 받아야만 행복한 것도 아니고, 사회적으로 성공해야만 행복한 것도 아니며, 대저택에 살아야만 행복한 것도 아니고, 부자가 되어야만 행복한 것도 아니다.

당신은 어떤 삶을 살 때 가장 행복한가?

자신만의 삶을 살아보자.

• 거창해야만 행복일까?

얻기 어려운 것을 얻어야만 행복하다고 생각하는 사람들은, 쉽게 행복하기 어렵다. 예를 들어 일상생활에서는 덜 행복하고, 해외여행을 가면 더 행복할 것이라는 생각. 동대문에서 산 오천 원짜리 가방보다 백만 원짜리 명품 백을 가지는 게 더 행복할 것이라는 생각. 집에서 해 먹는 요리보다 고급 레스토랑에서 먹는 게 더 행복할 것이라는 생각.

예전의 나는 SNS에서 여행 간 사진을 보며 '그래, 이게 진짜 행복이지.'라는 생각을 자주 했다. 그러나 회사를 그만두고 집에 자주 있게 되면서, 행복이 왜 가까이 있는 건지 알게 되었다. 하루아침에 백수가 된 나는 돈을 아껴야 해서 요리를 해 먹기 시작했다. 외식을 할 때보다 더 만족스러웠다. 치킨을 시켜 먹어도 맛있고 즐거웠지만, 집에서 요리를 해 먹는 것도 똑같이 즐거울 수 있다는 걸 알았다. 또한 여행을 가지 않고 집 앞에 나와 산뜻한 바람을 쐬는 것만으로도 충분히 행복할 수 있다는 걸 알았다.

행복은 거창한 게 아니다. 행복을 거창하다고 생각하면 행복해질 수 없다. 예를 들어 애인을 사귀기 위해 1억을 가지고 있어야 하고, 외모가 출중해야 하며, 명문대를 졸업해야만 한다고 생각하는 사람은 애인을 사귈 수 없듯이, 행복도 거창한 것으로 인식하면 행복해질 수 없다.

소소한 것에도 충분히 행복해질 수 있다고 생각하자. 행복을 강도가 아닌 빈도로 인식하자. 집에서 매니큐어를 바르더라도 행복할 수 있다는 마음으로 발라보자.

한 번 사는

인생에서

필요한 건 용기

: 자유를 확보하기

서울대학교 최인철 교수의 강연에서 '영혼의 3대 영양소'에 관한 이야기를 들었다. 우리 영혼의 3대 영양소는 '자유, 유능, 관계'라고 하였는데, 내가 관심이 가장 많은 건 '자유'였다.

나는 어렸을 때부터 자유를 갈망했다. 무언가가 나를 억압한다고 느끼면 반발심이 많이 들었다. 왜 우리는 자유롭지 못한 걸까? 많은 고민 끝에 결론을 내렸다.

자유를 방해하는 가장 큰 적은 '나태'이다. 사람은 나태해지면 아무것도 하기가 싫어진다. 아무것도 하지 않으면 아무것도 얻을 수 없다. 마치 제로에서 플러스가 되거나 마이너스가 되지 않듯이 말이다. 지금보다 조금 더 자유로운 삶을 얻기 위해 결국 사람은 움직여야 한다는 걸 깨달았다. 지금 상황이 만족스러우면 상관이 없지만, 지금 상황이 불만족스

러우면서 아무런 노력도 하지 않는 건 완전한 불행으로 가는
지름길이다.

지금보다 조금 더 자유롭게 살고 싶다면 머릿속에 있는
시뮬레이션을 실행하자.

어떤 일을 시도해 볼 용기가 없다면
인생이 어떻게 되겠는가?

— 빈센트 반고흐

⋮ 나태와 자유

자유를 원한다면
최선을 다해 나태에서 벗어나라.

그리고,
처절한 몸부림보다
더 처절한 몸부림으로 부지런해져라.

나태는 자유를 방해하는 교묘한 적이다.

⋮ 권태 극복법

아무리 좋아했던 사람이어도 그 사람이 나를 힘들게 한다면 질리기 마련이다. 아무리 좋아했던 일도 그 일이 나를 힘들게 한다면 질리기 마련이다.

나를 힘들게 하는 것은 나를 질리게 한다. 하지만 이루어내고 싶은 것이 있다면 '권태기'를 극복해야 한다. 권태기 극복법은 의외로 간단하다.

'의리를 지키는 것'

나 자신과의 약속에서 의리를 지켜라. 그리고 자기 자신을 믿을 만한 사람으로 만들어라. 권태기는 그렇게 극복하는 것이다.

아무리 견디기 힘들고 꼴 보기 싫어도, 약속은 지키는 것.

그리고 그 계기를 통해, 더 견고하고 튼튼해지는 것.

상대적 여유

앞만 보고 달려가다가
예쁜 꽃을 못 보고 놓치진 않을까 하고 걱정하지 마라.

꽃과 들판을 가진 자들은
부지런히 정원을 돌봤기에 그것들을 발견할 수 있지만

나의 세계에는 예쁜 꽃과 들판은 없다.

그러니 씨앗을 심어 꽃을 피워라.

느림의 미학은
앞서 있는 자들의 이유 있는 여유일 뿐이니.

전쟁

더 견고하고
튼튼한 세상을
건설하기 위해서는,
그리고 하나의 세계를
바꾸기 위해서는,
낡고 우울한 것들을
하나씩 파괴하라.

그리고 가난한 세계에게
이별을 고하라.
새로운 세계를
만들기 위해서는,
피가 찢어지고
무너지는 고통을 겪어야
또 다른 세계를 창조할 수 있다.

그러니 자기 자신에게
전쟁을 선포하라.
그리고 새로운 세계를
창조하기 위해
마음껏 괴로워하라.

⋮ 환경의 중요성

더 나은 삶을 살고 싶다면
강한 의지력과 끈기도 중요하지만,
의지력을 발휘할 수 있는 환경도 중요해요.

내가 아무리 열심히 하려고 노력해도
환경이 의지력을 발휘하기 어려운 조건이라면
나의 의지력은 금방 무너지고 말 거예요.

나의 환경을 바꿔보세요.

매일 만나는 사람은 누구인가요?
매일 지내는 장소는 어디인가요?
매일 보는 것은 무엇인가요?
매일 자는 곳은 편안한가요?

나의 의지력을 방해하는 환경들을
하나씩 바꿔보세요.

당신에게 필요한 건
강한 의지력이 아니라
의지력을 북돋아 줄 환경일지도 몰라요.

● 의식적인 삶

인간은 '긍정'과 '부정' 중 어떤 것에 더 마음이 끌릴까? 나
는 단언컨대 부정이라고 생각한다. 이유는 간단하다. 꽃향기
를 맡는데 갑자기 징그러운 뱀이 발밑을 지나간다면 꽃보다
는 뱀을 보기 때문이다.

인간의 무의식은 '유쾌함'과 '불쾌함'을 빠르게 구분한다.
대부분의 사람들은 '유쾌함'보다는 '불쾌함'을 더 자주 느낀
다. 왜냐하면 그것이 생존전략에 더 유리하기 때문이다. (꽃이
예쁘다는 이유로 뱀을 무시한다면 물려 죽지 않겠는가.)

인간의 무의식에는 생존본능으로 인해 불쾌 시스템이 기
본적으로 갖춰져 있고, 이는 즉각적으로 작동한다. 달리 말

하면, 긍정적인 마음을 먹는 일은 '무의식'이 아닌 '의식'의 영역이다.

그러므로 나는 혼잣말로 이렇게 중얼거렸다.

의식적인 삶을 살자.
의식적인 삶을 살자.

⁝ 산책하기 좋은 날

생각이 많아서 우울한 날에는 산책을 해 보세요.

고민이 많아서 걱정이 된다면 산책을 해 보세요.

나아지는 게 아무것도 없는 것 같다면 산책을 해 보세요.

나 혼자만 뒤처지는 것 같을 땐 산책을 해 보세요.

부정적인 생각이 나를 괴롭힐 때

생각을 멈추려면 행동으로 바꿔보세요.

생각을 멈춰야겠다고 생각하는 것도 결국엔 생각이고,

생각을 멈추는 유일한 방법은 단순한 행동이에요.

햇볕을 쬐고 바람을 느끼며 걸어 봐요.

한 걸음, 두 걸음, 세 걸음

계속해서 앞으로 걷다 보면,

어느새 잡생각은 정리되고 좋은 생각이 떠오를 거예요.

걸음을 떼는 일만 반복하면
앞으로 나아가는 것은
생각보다 단순하다는 걸 알게 될 거예요.

이제는 조금씩 앞으로 걸어볼까.
이제는 정말로 멈추지 말아볼까.

움직일 수 있는 타이밍

생각해보면 이십 대 초반에는 정말 체력이 좋았다. 밤새
도록 놀아도 지치지 않았다. 지금은 밤을 새우면 미친 듯이
피곤해진다. 겨우 5년 만에 체력 변화가 급격하게 일어났다.

지금보다 더 나이가 들면 그때는 어떨까? 나이가 들면 움
직이고 싶어도 못 움직인다는 말이 있다. 예전에는 그 말을
실감하지 못했는데, 요즘에는 많이 실감한다.

그래서 나는 많이 걷는 인간이 되고 싶다. 이불 속에서 사

사로운 생각들로 시간을 보내는 대신, 일어나지 않은 일을 걱정하며 누워 있는 대신, 집 앞 공원이라도 산책하며 걷고 싶다. 책 〈야생의 위로〉 작가는 우울증을 극복하고자 자연 속을 거닐며 산책을 했다. 걸음의 힘은 생각보다 크다.

나는 부모님께서 주신 건강한 신체를 잘 사용하고 싶다. 오랫동안 건강하게 살고 싶고, 걸으면서 많은 것들을 보고 싶다. 그러니 조금이라도 젊을 때 움직이자. 시간은 흐르고 있고, 우리는 매 순간 사라지고 있다. 나중에는 움직이고 싶 어도 움직일 수 없는 순간이 올 것이다.

생각의 가치

좋아하는 사람에게
좋아한다고 말하지 않으면
아무런 소용이 없다.

살 빼야겠다고 해놓고

운동하지 않으면
아무런 소용이 없다.

성공하고 싶다고 해놓고
이불 속에 있으면
아무런 소용이 없다.

건강해지고 싶다고 해놓고
인스턴트 음식을 먹으면
아무런 소용이 없다.

아무리 좋은 생각도
생각에만 머물러 있으면,
실현되지 않는 이상일 뿐이다.

행동이 수반될 때, 생각은 가치를 갖는다.

● 행동을 방해하는 요소들

생각은 많은데 행동이 안 되는 것들이 있다. 이럴 때는 어떻게 해야 할까? 우선 행동을 방해하는 요소를 찾아내야 하는데, 나는 개인적으로 다음의 요소들 때문에 생각을 행동으로 옮기기 힘들었다.

1. 걱정
2. 계산
3. 두려움
4. 게으름

어떻게 해야 이 나쁜 생각에서 벗어날 수 있을까?

1. 걱정: 이렇게 해도 될까? 저렇게 해도 될까? 이런 걱정
   이 앞선다면 걱정하지 않아도 되는 논리적인 이유를 생
   각해보자. 안심이 되면 행동으로 옮기기도 쉽다.

2. 계산: 정말로 행동에 옮길 수 없는 일인지 정확히 제대

로 계산해 보자. 실제 사례까지 찾아가며 사전 조사도 철저하게. 안 될 일이 없다는 걸 알게 될 것이다.

3. 두려움: 무엇을 두려워하고 있는지 생각해보고 적어보자. 그리고 두려워하지 않아도 될 만한 논리적인 이유를 생각해보자.

4. 게으름: 아주 작은 것부터 실천하면서 '성취감'을 느끼자.

행동으로 옮기는 일은 이상을 현실로 실현하는 과정과 같다. 나의 인생을 위해서라면 행동하자.

행동할 준비가 되지 않았다면
입을 다물고 생각조차 하지 않는 편이 낫다.

― 애니 베전트

그냥 하기

생각은 많은데,
행동이 안 따라줄 때가 있어.
그럴 때면
내가 열심히 살고 있다는
착각마저 들게 돼.

삶에 대해 열심히
고민하는 것이야말로
열심히 사는 게 아닐까.
그렇게 생각하게 돼.

그러나 생각이 부지런한 것을
행동이 부지런한 것이라고
착각하면 안 돼.

머릿속이 복잡한 이유는

행동하지 않기 때문이야.

삶을 변화시키는 마법은

생각이 아닌 행동할 때 일어나는 거야.

쉼을 마칠 차례

쉼표 뒤에는,

반드시 마침표가 붙는다.

⋮ 휴식과 포기는 다르다

짙은 어둠 속
앞길을 알 길 없는 인생
보이지 않는 어둠 속을 당신은 걷는다.

혹여나 넘어지진 않을까
혹여나 부딪치진 않을까 두려움이 밀려온다.

그러나 두렵다고 발걸음을
절대로 멈추지 마라.

휴식과 포기는 엄밀히 다르다.

⁝ 조금만 더 단순하게

오랫동안 염원했던 일을 실행하면 살아있는 기분이 든다.

나는 대학생 때 밴드부 동아리에 들어갔다. 음악 공연을 볼 때면 '나도 무대에 서고 싶다.'라는 생각을 자주 했는데, 실제로 동아리에 들어가서 그 일을 실행하니 기분이 짜릿했다.

행복한 하루의 연속이었다. 내 인생에서 가장 낭만적인 추억이었다. 하지만 살다 보면 낭만적으로만 살 수 없다는 걸 깨닫는다. 하고 싶은 일보다 해야 할 일이 많을 때 특히 더 그렇다.

해야 할 일을 과감히 제쳐 두고 하고 싶은 일을 선택하는 사람은 용기 있는 사람이다. 용기는 의외로 단순함에서 나온다. 음악에 대해서 잘 알지도 못했던 내가 밴드부 동아리에 덜컥 들어간 것도 단순함 때문이었다. 많은 것을 생각하고 고려했더라면 밴드부에 들어가지 않았을 것이다.

그때의 나는 단순 명쾌했고, 많은 생각을 하지 않았다. 생각한 것은 바로 실행했다. 그러나 요즘 제일 어려운 건 다름 아닌 '단순해지기'이다. 왜 그토록 단순해지는 게 어려운가를 생각해보면 너무 많은 것을 알아버렸기 때문인 것 같다. 너무 많은 것을 알아버렸기 때문에 너무 많은 것을 포기하게 된다.

생각했던 일들을 행동으로 옮기지 못하는 것도 이런 이유 때문이 아닐까. 우리는 살면서 너무 많은 것들을 포기한다. 돈과 시간이 없다는 이유로, 귀찮다는 이유로, 겁이 난다는 이유로 말이다.

포기해야 할 많은 이유를 상쇄시키기 위해서는 '하고 싶다'라는 이유 하나만을 강렬하게 생각해보자. 그러면 온 몸의 세포 하나하나에 불이 켜진다. 그때가 바로 몸을 움직여야 할 때고, 행동해야 할 때이다.

생각에만 머물러 있던 것들을 행동으로 옮겨보자.

인생은 짧다.

낭비했던 시간들

마음이 힘들 때면 스마트폰을 많이 보게 된다. 스마트폰을 오랫동안 하면 마음이 공허해진다. 인생을 살다 보면 아까운 시간들이 있다. 스마트폰을 보며 낭비했던 시간이 내게는 가장 아까웠다.

의미도 없고 가치도 없는 일에 중독되어 매달렸던 시간들이었다. 하루에 한 시간 이상은 스마트폰에 빠져 있는 듯했다. 생각해보면 나뿐만 아니라 다른 사람들도 꽤 많은 시간을 스마트폰을 하며 보낸다. 핸드폰을 오래 하면 오래 할수록 사람은 무기력해진다. 스마트폰의 작은 세상 속에서는 자유롭게 헤엄칠 수 없다.

차라리 그 시간에 조금 더 의미 있는 일을 하면 어떨까? 나는 실제로 스마트폰 하는 시간을 줄이고 요리를 하고 있다. 예전에는 시간이 아깝다는 이유로 요리를 해 먹기보다는 배

달 음식을 자주 시켜 먹었었는데, 요리를 시작한 후로 건강도 좋아지고 돈도 많이 아끼게 되었다.

나를 충만하게 하는 것들이 무엇인지 고민해보자. 그리고 낭비하는 시간은 줄이고, 나를 충만하게 하는 시간들로 채우자.

백스페이스 버튼이 없어서

한 권의 책을 완성하려면 더 좋은 내용, 더 좋은 문장으로 글을 써야 한다. 그 과정에서 '무한 수정'을 반복하며 많은 공을 들인다. 수정하고 수정하고 또 수정하면 겨우 책 한 권이 나온다. 키보드에 백스페이스Backspace가 없었다면, 책을 내지 못했을 것이다.

인생도 마찬가지이다. 인생은 백스페이스가 없는 키보드 같아서 지울 수 없다. 시간은 앞으로만 달리는 특성이 있어서 되돌아갈 수 없고, 수정이 불가능하며, 누구나 오타를 낸

다. 실수 없는 삶보다 더 중요한 것은, 앞으로 나아가는 태도이다. 오타가 두려워서 아무것도 하지 않으면, 아무것도 기록할 수 없어서 백지 인생을 살게 된다.

오타투성이인 인생이라도, 앞으로 나아가자.
그래서 나의 인생을 다채롭게 기록하자.
그것이 시간을 대하는 가장 성의 있는 태도이다.

시간 도둑

하고 싶은 것을 하자.

시간 도둑은
시간이 갈수록

더 재빠르게
시간을 훔쳐 가니까.

⋮ 허무한 죽음과 그렇지 않은 삶

죽음은 허탈하다. 죽음은 생각보다 훨씬 허탈하다. 아버지가 돌아가시고 나서 알게 되었다. 죽음이 이토록 허탈한 것이라는 걸 말이다.

장례식은 슬픔을 온전히 느낄 새도 없이 분주하게 진행된다. 장례식 이후에는 현실적인 문제들을 해결하느라 바쁘다. 일상은 평소처럼 진행된다. 누군가의 죽음은 아무것도 아니라는 듯이.

이런 사실들을 알고 나는 한동안 방황했다. 삶은 평범함의 연속이어도 죽음은 특별한 건 줄 알았다. 하지만 죽음은 상상 이상으로 허무하다. 특히 삶에 최선을 다하지 않은 사람일수록 특별하지 않은 죽음을 맞이한다.

나는 이 사건을 계기로, 죽음에 대해 많은 생각을 했다. 그리고 결론을 냈다.

인생은 여행이다.

여행은 시간이 한정되어 있다. 마찬가지로 인생도 시간이 한정되어 있다. 여행하는 사람은 시간을 헛되게 보내지 않는다. 죽음이 이토록 허탈하다면, 삶만큼은 허무하지 않았으면 좋겠다. 그리고 인생이라는 여행을 마치고 나면, 다시 원래 있던 곳으로 미련 없이 돌아갔으면 좋겠다.

모두 즐거운 여행하시라.

우리가 온전히 가진 것은 시간뿐이다.
아무것도 갖지 못한 사람에게도 시간만은 있으니까.

— 발타자르 그라시안

한 번이라는 걸 기억해

나는 죽기 전에 무엇을 가장 하고 싶을까?

본인에게 질문해보세요.

하고 싶은 것이 있는데 용기 내기 어렵다면,
가장 쉬운 것부터 하나씩 도전해보세요.

혹시 쉬운 것조차 도전할 용기가 나지 않는다면,
일주일 후에 죽는다고 가정해보세요.

조금 잔인한 상상처럼 느껴질지 몰라도
사람 일은 아무도 예측할 수 없어요.

죽기 전에 후회할 만한 인생은 살지 말아요.

인생도 시간도 단 한 번뿐이에요.

⦙ 추억에 대하여

　행복한 추억을 떠올리면 묘하게 슬퍼졌던 경험이 있는가? 나는 있다. 과거는 되돌릴 수 없어서 그립고 애틋하다. 행복한 기억이 슬픔을 동반하는 이유도 아마 이 때문일 것이다.

　그러나 행복한 기억이 많은 사람은 현재를 살아가면서 많은 힘을 얻기도 한다. 불행한 기억은 우리를 힘들게 하므로, 행복한 추억을 소중하게 간직해야 한다.

　추억은 어떻게 간직할 수 있을까? 바로 사진이다. 나는 예전에 사진을 참 많이 찍었었다. 나이가 들수록 이상하게 사진을 점점 더 안 찍게 되었다. 추억을 기억할 수 있는 유일한 장치임에도 불구하고, 사진을 점점 더 안 찍게 되었다.

　지인 중에 사진 찍기를 좋아하는 친구가 있다. 그 친구는 일상생활에서 스트레스를 받으면 옛날 사진을 본다고 한다. 사진 속의 행복했던 그날을 떠올리며 스트레스를 푼다고 했다.

그 친구의 말을 듣고, 나도 사진을 자주 찍어야겠다고 생각했다. 그래서 행복한 기억들을 많이 저장해야겠다고 생각했다. 때로는 행복한 추억을 많이 기억할 수 있는 사람도 부자가 될 수 있다. 물질적 풍요가 아닌, 정신적 풍요가 주는 기쁨도 있다.

이십 대 초반의 기억

사람들은 말한다. 젊을 때가 가장 좋은 거라고. 하지만 정말로 그럴까.

아무런 기반도 없었던 이십 대 초반에는 인생이 정말 하드코어했다. 취업을 하지 않으면 알바를 하면서 생활비를 충당했어야 했고, 골머리를 앓으며 이력서를 제출해야 했으며, 긴장 속에서 면접을 보고, 면접관들의 평가를 달게 받았어야만 했다. 겨우 입사한 곳에서는 갑질을 견뎌야 했고, 못 버티고 퇴사하면 '요즘 젊은 것들은 나약해.'라는 시선을 견뎌야했다. 또다시 백수가 되면 예전보다 더더욱 방어적인 성격으로 변하고, 잘나지 못하다는 열등감에 시달려 취업을 거부하며, 부모님께 손 벌리기 죄송해서 다시 알바를 하고 악순환의 반복이었다.

그런 생활이 반복되다 보니 자연스럽게 '나는 실패자야. 이러다가 정말로 굶어 죽으면 어쩌지?'라는 걱정이 극에 달하며 자존감이 떨어지기 시작했다. 그리고 내 인생은 내가 책임져야 한다는 부담감이 본격적으로 생기기 시작했다. 의지할 곳이 아무 데도 없다는 두려움은 나를 더더욱 외롭게 만들었다. 나 빼고 다른 사람들은 다 잘 사는 것 같은데, 나만 유난 떠는 걸까? 나는 왜 이렇게 나약하지?

이십 대 초반에는 정말 자존감이 약한 상태로 지냈다. 모든 것이 다 내 문제인 것 같았다. 지금 생각해보면 나의 문제만은 아니었다. 그저 사회에서 요구하는 기준치가 조금 높았을 뿐이었다. 모든 게 처음 겪는 일이니까 혼란스러운 것도 당연했다. 내가 나약해서가 아니었다.

내가 만일 과거의 나에게 어떤 말을 해줄 수 있다면, 이렇게 말하고 싶다.

너무 자기 자신을 깎아내리지 마.
너는 못난 사람이 아니야.
단지 세상이, 네가 그렇게 생각하도록 만든 것뿐이야.

시간은 빠르게 흘러간다. 과거의 나처럼 살고 있는 모든 이들에게 이런 말을 해주고 싶다. 세상이 나를 못살게 굴어도 나만은 나를 못살게 굴지 말라고. 그리고 시간은 빠르게 흘러가니 그 시간 동안은 나 자신을 지켜주고 사랑하라고.

⁝ 기다리는 중입니다

최선을 다하지 않으면 상처받을 일도 없어.
마음 쓰지 않으면 실망할 일도 없어.

무언가를 바란다는 건
상처받을 각오를 해야 한다는 의미일지도 몰라.

너는 상처받을 각오가 되어 있니?
되어 있지 않다면, 시간이 조금 더 필요하다면,
지금은 조금만 쉬었다 가자.
그리고 용기가 생기면, 그때 다시 시작하자.

⁝ 하고 싶은 일을 해야 하는 이유

나이를 먹으면 후회하는 것 중 하나가, 내가 원하는 삶이 아닌 다른 사람이 원하는 삶을 대신 살아줬다는 것이다. 나 또한 이 말에 동의한다. 나는 그동안 내가 원하는 것보다는 타인이 원하는 것을 해왔던 것 같다. 가기 싫은 약속에 억지로 나간다거나, 원하지 않는 회사에 다녔다거나, 원하지 않은 진로를 결정하는 등. 내 인생의 대부분을 나 자신이 아닌 타인에게 맡겨왔던 것 같다.

어째서 나는 내가 원하는 삶이 아닌 타인이 원하는 삶을 살았을까? 나는 무엇이 그렇게 겁났던 걸까? 아마도 누군가를 실망시키는 게 두려웠던 것 같다. 가장 두려워해야 할 것은, 내가 나 자신을 실망시키는 것일 텐데 말이다.

물론 인생을 내가 원하는 대로만 살 수는 없다. 하지만 적어도 진로만큼은 내가 하고 싶은 일을 선택했으면 좋겠다. 인생의 절반은 노동일 정도로 많은 시간을 노동에 소비한다. 하기 싫은 일을 타인을 위해서 억지로 하는 것은, 인생의 절반을 타인을 위해 쓰겠다는 의미 아닌가? 스트레스 받으면서 살지 말고, 나와 가장 어울리는 직업을 찾자. 그래서 스트레스 대신 보람을 느끼고, 불만보단 만족을 느끼면서 살자.

평생직장이라는 개념이 없어지고, 누구나 한 번 이상은 이직 경험이 있으며, 나이를 먹을수록 취업이 어려운 사회 구조 때문에 많은 이들이 미래를 불안해한다. 회사에만 의존하는 것보다는 자신의 역량을 개발해서 본인이 진정으로 하고 싶은 일을 하는 것이 장기적으로는 훨씬 더 나은 방향이다.

나 또한 의지했던 회사에서 해고를 당한 적이 있다. 당시 나는 회사에 다니면서도 작가의 꿈을 포기하지 않고 열심히 글을 썼다. 그래서 해고를 당하기 전에 출판사와 계약을 해서 책을 낼 준비를 하고 있었다. 내가 만일 현실에만 안주했다면 어땠을까? 나는 하루아침에 백수가 되었을 것이다. 하지만 다행히도 나는 백수가 아닌 작가가 되었다. 꿈을 포기하지 않는 사람은 언젠가는 꿈을 이룬다. 하기 싫은 일을 언제까지 반복해야 할지 매일 고뇌하며 회사를 다니다가, 하고 싶은 일을 하니까 숨통이 조금씩 트이기 시작했다. 하고 싶은 일을 한다는 건 생각보다 인생에서 꽤 중요한 일이라는 걸 깨달았다. 해고를 당하지 않았다면 나는 그 회사를 꽤 오랫동안 다녔을 것이다. 그래서 하기 싫은 일을 하지 않을 용기를 가지는 건, 꽤나 어려운 일이다.

그럼에도 불구하고 나는 많은 사람들이 용기를 가졌으면 좋겠다. 회사에 다니지 않을 용기, 하기 싫은 일을 타인을 위해 억지로 하지 않을 용기, 내가 정말로 하고 싶은 일을 할 용기 그리고 타인이 원하는 삶이 아닌 내가 원하는 삶을 살 용기. 모두가 그런 용기를 가지길 바라본다.

자유는 원하는 것을 할 수 있을 때가 아니라
원치 않는 것을 할 필요가 없을 때 온다.

− 장 자크 루소

어머니의 말씀 2

두려움도, 용기도,
다 마음에서 오는 거야.

모든 것은 다

마음에서 오는 거야.

⦂ 마법의 주문

스트레스에 힘이 들 때
일이 풀리지 않아 낙담할 때
방법이 없어 절망스러울 때
희망이 보이지 않아 좌절할 때
그리고
용기가 필요할 때
그럴 땐 이 한마디를 내뱉어 봐.

"나는 이 문제를 해결할 수 있다."

⦂ 부산 여행에서 얻은 것

백수 때 엄마와 부산 여행을 간 적이 있다. 나는 할 일이
태산이어서 여행을 가고 싶지 않았는데, 엄마는 계속해서 가
자고 졸랐다. 나는 투덜대면서 부산 여행을 갔지만 결국 억
지로 부산에 데려온 엄마에게 짜증을 냈다. 그날 여행은 완

전히 망쳤고, 그대로 집에 돌아왔다.

지금 생각해보면 하루쯤은 머리를 비우고 놀아도 되지 않았을까 싶다. 하지만 그때는 공모전을 준비하고 있었고, 그 공모전에 붙어야만 행복해질 거라는 강박이 있었다. 그래서 놀고 싶었지만 불안했다. 그 딜레마는 지독히도 싫은 느낌이었다. 놀 거면 확실하게 놀고, 일할 거면 확실하게 일을 하든가. 왜 여행을 가서까지 근심 걱정을 안고 있었을까?

지금도 부산 여행에서 찍은 사진을 보면 마음이 아릿하다. 엄마에게 짜증을 냈던 죄책감과 스트레스가 고스란히 느껴지기 때문이다. 하루쯤은 내일이 없는 것처럼 놀아도 괜찮았을 텐데, 왜 그때는 그리도 마음에 갈피를 못 잡았을까? 나는 그날 깨달았다. 마음의 여유가 없으면 제대로 놀지도 못하는구나. 여유를 부리면 생산적으로 살지 못한다고 생각했었구나.

가수 아이유의 〈팔레트〉라는 노래에 "치열하게 일하되 틈틈이 행복도 해야 해."라는 가사가 있다. 지금의 청춘들을 대

변하는 가사가 아닐까 싶다. 치열하게 살면서 행복해지는 게 얼마나 힘든 일인가. 먹고살기 위해 숨 가쁘게 달리다가, 나보다 앞서 나가는 경쟁자들을 뒤로하고 잠깐 벤치에 앉아서 쉬는 일은 생각보다 많은 용기와 노력을 필요로 한다. 인간의 뇌는 애초에 멀티태스킹이 불가능하게 설정되어 있다. 성취를 위해 달리면서 동시에 휴식을 선택하고, 휴식을 하고 있는 와중에도 성취를 위해 열심히 달리는 것. 이 두 가지를 하려면 엄청난 균형 감각이 필요하다. 그래서 우리는 많은 것들을 놓치며 살고 있다. 하루라도 더 빨리 취업하고 싶어서 친구들과의 모임에 빠진다거나, 혹은 조금이라도 더 쉬고 싶어서 부모님께 손을 벌리며 늦장을 부리기도 한다.

그럼에도 불구하고 우리는 무엇을 놓치고 있는지 계속해서 점검해야 한다. 바람이 한쪽에서만 불어오면 옆으로 꺾일 수도 있으니, 반대편에서도 바람이 불어야 한다. 마침내 바람이 양쪽에서 균일하게 불면, 그때는 꼿꼿하게 설 수 있다. 결국 중요한 건 열심히 일만 하거나 놀기만 하는 것이 아닌, 균형 있는 삶이다. 우리는 알게 모르게 이 균형 감각을 유지하며 앞으로 걷는 연습을 하고 있다. 좀 휘청거리더라도 진

5장
한 번 사는 인생에서
필요한 건 용기

짜 중요한 것은 앞으로 나아가고 있다는 점이다. 우린 모두 걸음을 포기하지 않고 계속해서 걸어가고 있다. 균형 감각을 유지하면서 걷는 것도 중요하지만, 휘청거리더라도 앞으로 나아가려는 시도 자체가 더 유의미하다. 비록 무언가를 놓치며 살더라도, 힘겨운 삶을 살아내고 있는 것 자체가 유의미하다.

그러니 나는 모두에게 말하고 싶다.

살아내는 일을 멈추지 말라고
성공한 사람만이 승자도 아니고,
즐기는 사람만이 승자도 아니고,

그저 삶을 살아내는 사람들이 모두 인생의 승리자라고.

어서 오세요.

로그아웃이 불가능한 인생에 오신 것을 환영합니다.

당신은 어떤 인생을 살고 싶나요?

인생에 답은 없습니다만,

이거 하나만은 지켜줬으면 좋겠습니다.

성공한 인생보다 후회 없는 인생을 사세요.